天亮之後相愛

Love
After Dawn

煙波 著

這個世界，
總算沒有對我太狠心，
讓我等來了你。

第一章

醫院裡的冷氣強烈地吹送著冷風，溫茉茉換下制服之後，打了個哆嗦，連忙穿上自己的外套。

「學姊，那我先走了。」她歡快地說。

「好，路上小心。」學姊說完，又轉頭繼續忙了。

在醫院的生活就是這樣，永遠有做不完的事情，哪怕她這陣子是在相對比較輕鬆的婦科實習，也依舊整天忙個不停。

聽同學說在急診室實習的人更慘，很多學長姊午餐就用一杯波霸鮮奶茶打發，她每次聽都覺得這實在太令人感到心酸了。

離開醫院，十月底的氣候已經有些冷涼，這幾天又下了一場雨，讓氣溫再度下滑，已經沒有夏日的蹤影。

溫茉茉快步走進捷運站，趁著通勤的時候，她在群組裡跟課堂同組的組員，討論了一下報告的內容。

護理系的大四生活，除了實習還要交報告，此外，她還得打工賺生活費，她總覺得自己都忙得不成人形了。

下了捷運，她隨著人群前進。

但溫茉茉卻在一個乞討的人面前停了下來，她沒想太多，扔了兩枚銅板進對方用來乞討的碗裡。

這二十塊金額不大，甚至連一杯珍珠奶茶都買不起，不過可能可以在快要打烊的店裡買到麵包，也能買一瓶水。

她不是聖母，只是覺得這世界對他們已經這麼艱難了，自己行有餘力，多付出一些，也許對他們而言，就是一場及時雨。

哪怕這雨可能小了一點，那也總比沒有好吧？

溫茉茉又往前走了一小段路，拐進巷子裡，到達自己打工的麵包店。

她推開門入內，麵包的香氣撲面而來。

「來啦？」早班的員工林婉向她打招呼，「外面有下雨嗎？」

「沒有。」溫茉茉搖搖頭，「可是有點涼。」

林婉哦了聲，「那還好，反正不下雨都好，前兩天下雨下得我都生無可戀了。」

溫茉茉同意地點點頭。

這家麵包店規模不大，整家店加上她和麵包師父也就四個員工。

她從大一就開始在這裡打工了，本來課表上空堂多，她白天能排不少班。到了大三、大四，她得去醫院實習，加上法規變動，所以老闆多請了一個員工，溫茉茉就負責打烊前的這三、四個小時。

「妳怎麼還不下班？」

溫茉茉把東西收進置物櫃裡，穿上圍裙，轉身看見林婉還坐在櫃檯後面，不知道在想些什麼。

「我是不是應該再去找個兼職？」林婉苦惱地看著她。

溫茉茉關心地問：「妳缺錢嗎？」

「算是吧，我偶像要開演唱會了，我想去看。」林婉眨了眨水潤的眼睛，「在韓國。」

溫茉茉噗哧一聲，「那確實需要錢，加上機票住宿，可不便宜。」

「對啊！」林婉雙手托著臉，「可是我是真的很想去啊！」

溫茉茉沉思了會兒，憂心忡忡地說：「妳應該不會去做陪酒之類的兼差吧……那個雖然賺錢快，不過還是不要這麼做比較好吧。」

林婉哈哈大笑，「神經病，偶像再好，也沒好到可以讓我去賣身啊。」

溫茉茉鬆了口氣，「那就好……」

「唉唷，妳這張臉好適合擺出這種可憐兮兮的表情，我看了都揪心。」林婉偷偷摸了一下溫茉茉的臉，「看起來就是張小三臉，我如果是有錢的老董就包養妳，光看妳的臉就能多吃三碗飯。」

溫茉茉無言地看著她，「妳這話聽起來真不像誇獎，我好好的幹麼要當小三？」

林婉還沒來得及回話，店門就讓人推開，門板上的風鈴清脆悅耳，一位媽媽帶著一個大約三到五歲的小孩子走了進來。

三、五歲正是活潑好動的年紀，林婉和溫茉茉都有些緊張，溫茉茉連忙站了起來，緊緊盯著孩子。

果不其然，下一秒，那孩子就伸出手，想要去摸架上的麵包。

「不可以喔！」溫茉茉立刻出聲阻止，然後走到孩子面前，蹲下來說：「這些麵包都是要吃的，不可以摸。」

那位媽媽頗爲尷尬地把小孩拉到身邊，裝模作樣地罵：「就跟你說不能摸！」

明知自己的孩子習慣亂碰店家販售的商品，一進到店裡就應該看著他，或是在看到他準備伸手碰麵包時，先一步出言制止吧？

溫茉茉沒有戳破對方的假意，只是朝那對母子微笑，「辛苦您了。」

大概是因爲不好意思，婦人隨意夾了兩、三個麵包，結帳離開了。

「我最討厭這種小孩了。」林婉抱怨，「看到什麼東西都想摸一摸，家長又不管好。」

先前店裡便因此和家長起過好幾次衝突。

溫茉茉點點頭，「幸好這次沒事。」

「那是妳人好，願意客客氣氣地跟客人說。」林婉哼了聲，「我恐怕會忍不住揍人。」

溫茉茉反駁她，「少來了，妳才不會這麼做。」

林婉沒接這句話，只是站起來伸了個懶腰，「我差不多要下班了。」

接著，她慢吞吞地走到員工休息區換下了身上的圍裙。「要不要幫妳買點吃的回來？」

溫茉茉擺擺手，「不用，我回家再吃。」

「真羨慕妳，天天吃宵夜都不會胖。」林婉癟癟嘴，隨即又笑起來，「好啦，下班，拜。」

「拜。」

林婉走了之後，距離打烊只剩一個小時左右，通常會在這個時間點造訪的客人並不多。溫茉茉便從包包拿出課本和筆記翻看，現在大致看過一遍，晚上回家寫報告比較知道要從哪裡下手。

到了打烊前三十分鐘，溫茉茉在玻璃落地窗前掛上了一個牌子，上頭寫著「麵包特價，六個一百」。

有不少家庭主婦早就守在店門口等待，溫茉茉才剛剛把牌子掛出去，她們就跟著溫茉茉一同走進店裡。

她們大都是住這附近的老主顧了，一進店門，一邊朝溫茉茉打招呼，一邊從架上所剩不多的麵包中，挑出幾個自家人愛吃的。

還有幾個住在附近的大學生，也會趁特價時段來買麵包。

溫茉茉忙著結帳，架上的麵包很快就賣光了，溫茉茉先拉下一半的鐵捲門，示意即將打烊，才開始做店內的清潔工作。

九點四十，她正好收拾完一切，準備下班，她換下圍裙，走出店門，等著鐵捲門拉到底。

此時，街上的行人已經少了許多了。

溫茉茉聽見身後傳來腳步聲，下意識回頭一望，只見幾個女生朝她圍了過來。

「妳是溫茉茉？」

面對明顯不懷好意的這群人，她果斷否認了。「不，我不是。」

她們一看就知道是來找麻煩的……承認自己就是正主，豈不是自討苦吃嗎？

那群人表情懷疑，其中一個綁著馬尾的女子拿起手機，對比著手機裡的照片，眼神在溫茉茉臉上來回掃視了好幾趟。

「妳騙誰啊！」那女子大步走上前，推了一下她的肩膀，「長得一副小三臉，還不承認。」

溫茉茉被推得踉蹌後退幾步，心想對方是吃什麼長大的，力氣怎麼這麼大？

她深吸了一口氣，壓下心底的不安，「那好吧，我是，妳們找我有什麼事？」

她們幾個相視一眼，那馬尾女子又說：「妳長得漂漂亮亮的，沒事幹麼當小三，勾引人家男朋友很有趣嗎？」

溫茉茉嘆了一口氣，又來了，「請問我勾引了誰的男朋友？」

馬尾女子一愣，「妳自己不知道嗎？」

「別人誣陷我的事情，我當然不知道。」溫茉茉毫不退縮地看過去，「妳先把話說清楚，我才能理解到底是怎麼回事。」

馬尾女子被溫茉茉的氣勢給嚇得往旁邊退了一步，而從剛才便一直站在她身後的嬌小女生也因此露出身影。

嬌小的女生端著副可憐巴巴的表情，吶吶地對著溫茉茉說：「我看見妳和我姊夫聊天，接著過沒多久，他就要跟我姊分手！」

上門討公道的居然不是本人，而是她的妹妹。

溫茉茉在心裡吐槽，大致知道了整件事的原委，只是不知道……

「妳姊夫到底叫什麼名字？」溫茉茉平心靜氣問。

那女孩報出了一個名字，溫茉茉立刻恍然大悟。

原來是周詳偉，他是她系上隔壁班的同學，行爲處事挺中央空調的，對誰都很好很溫暖，就算有女朋友了，也絲毫不改其作風。

這令她想起高中的時候，也上演過同樣的戲碼。

一個女生莫名其妙約她到天臺，罵她是小三，揚手就搧了她一耳光。她那時還不像現在這麼鎮定，被對方這麼一打就哭了，鬧了好久之後，才發現事件主角是她在打工店裡認識的一個男生。當時不過就是男生東西掉了，她幫忙撿起來，恰巧兩人同校，才多聊了幾句。

實際上男方本來就想分手，鬧這麼一齣之後，男方順勢向女方提出分手，這事傳出去後，就變成他們分手都是溫茉茉的錯。

背上了這口莫名的黑鍋，便惹來許多閒言閒語，不少女生同仇敵愾，經常明裡暗裡刻意爲難她，讓她剩下一大半的高中生涯變得異常灰暗，幸好隨著時間流逝，那些霸凌才漸漸減少。

溫茉茉肩上又挨了一下，才從往事裡回過神來。

「我在和妳說話，妳幹麼不回答？」馬尾女口氣很不耐煩。

饒是溫茉茉這樣好脾氣的人，三番兩次被這樣推來推去，也有了幾分怒氣。

「說話就說話，不要動手動腳。」溫茉茉語帶警告，「不然我要報警了。」

無奈她那張臉長得楚楚可憐，說起這種話顯得特別沒有氣勢。

「我就動了，妳想怎麼樣？」語畢，馬尾女又推了她一下，表情滿不在乎，大有會再動手的樣子。

溫茉茉實在不想與她們糾纏，簡直浪費時間，毫無意義。

「我和周詳偉沒有任何關係。」溫茉茉嘗試解釋，「他要分手，與我無關。」

嬌小女孩像是快要哭出來了，「可是我姊說跟妳有關係！她說我姊夫一定是喜歡上妳，所以才提分手的。」

「不是每個人分手的原因都一定是喜歡上別人，也有可能他就是不喜歡妳姊姊了。」溫茉茉雖然覺得這個女孩在無理取鬧，仍不想口出惡言，「這件事情就到這裡爲止吧。」

她轉身要走，卻被扯住手腕，那女孩猶不肯放棄，執拗道：「我不能讓妳走。」

溫茉茉頓時一個頭兩個大。

「如果妳不把話說清楚，我就、就讓她們打妳。」那女孩眼中閃過一抹狠戾，

「我絕對不能讓我姊夫喜歡上妳這種人。」

哪種人？她招誰惹誰了？況且這應該算是恐嚇吧？

溫茉茉把手伸進口袋裡，摸著手機，準備報警處理。

她前後左右張望了一下，隨著夜更深，這巷弄裡也沒有行人經過了。

「我們兩個真的沒有怎麼樣……」此刻除了這句聽起來蒼白無力的辯駁之外，溫茉茉還真沒有什麼其他話能說，看著女孩一副油鹽不進的神色，只好再交代了幾句：「周詳偉本來就對誰都好，我只是偶然跟他選到同一門選修課，我們僅僅是普通同學而已。」

「妳胡說，我姊夫才不是那樣的人。」女孩不信，臉上露出嫌惡的表情。

馬尾女見狀，立刻走過去揚手就給了溫茉茉一巴掌。

溫茉茉反應不及，臉上熱辣辣的，口腔內瀰漫著一股鐵鏽味，嘴裡的痛楚提醒著她，這是咬破了舌頭。

她垂眸，再抬起頭來的時候，猝不及防反手給了馬尾女一個巴掌。

那群人沒想到看起來這麼柔弱的一朵小白花，居然會做出反擊，一下子都沒回神過來。

溫茉茉瞪著馬尾女，知道今天恐怕不能善了。她當機立斷，掏出手機打算報警，

她的雙腿忍不住微微顫抖了起來，像是已經預料到即將迎來什麼樣的惡意。

那幾個女孩不給溫茉茉撥電話的機會，抬手拍掉她的手機，一夥人圍著她，將她逼到牆角，手下不留情地往她身上招呼。尤其是剛剛挨了她一巴掌的馬尾女，下手更是凶狠。

溫茉茉抱著頭蜷縮在牆角，渾身都痛，她忽然想起過去也是如此。

高中生介於成熟與不成熟之間，好像什麼都懂了，又好像什麼都只懂得其中一部分，在一知半解下，認定所有事情非黑即白，比如介入別人的感情就是不對。

她背了當小三的黑鍋之後，校內有許多人在她背後議論紛紛，罵她不要臉，甚至有人會朝她吐口水。

不管她怎麼解釋，就是沒人願意相信她，最後她選擇了沉默。沒想到她的沉默反而讓此事越演越烈，直到某一天，她被人堵在垃圾場，挨了一頓揍，還被倒了滿身垃圾。

當時的她不明白自己到底做錯了什麼，只能一邊哭，一邊在學校廁所裡盡量把自己清洗乾淨。

那一刻，她覺得自己彷彿被世界遺棄了。

「喂，妳們幾個人打一個人，要不要臉？」

一道男人的聲音傳了過來，溫茉茉從手指縫隙中看見了那個說話的人。

他雙手插在口袋裡，高高瘦瘦的，明明前後左右都站著人，但他在人群裡面卻顯得耀眼突出，高傲得像是隻獵豹，居高臨下地看著她。

男人的幾個同伴把這群女生趕到一邊，他則靜靜地靠牆站著，像是對眼前這一切都很不耐煩，溫茉茉看著他，感到一陣鼻酸。

高中時期她曾祈求有個人能碰巧經過，救救她就好了，可是她誰都沒等到。

沒想到幾年後的現在，他來了，原來這世界上，還有能拯救她的人。

這一瞬間，溫茉茉覺得她的世界都被點亮了。

她忍住了眼淚，不想在男人面前哭得一塌糊塗。

「妳們這是在幹麼？」看起來像是男人手下的人，開口說道。

溫茉茉並沒有理會一旁的動靜，只是望著靠在牆邊的年輕男人，感覺他與自己年齡相仿，頂多只大她幾歲。

察覺到溫茉茉打量的視線，那個男人看了過來。

溫茉茉連忙低下頭，用手臂抹掉淚水，深深吸了一口氣，再抬起頭，目光落向那幾個女生。

這是她的事情，應該自己想辦法收拾，而不是依賴一個陌生人，於是她用著平靜且帶了點鼻音的聲音說：「我再說一次，周詳偉跟我沒有任何關係，明天我會去找他說清楚。」接著她看向那個嬌小的女孩，「至於妳，我會去驗傷，下次讓我再看到妳，我會直接報警。」

女孩的臉色沒有什麼變化，似乎剛剛那一段話並未對她造成威脅。她轉頭看了年輕男人一眼，若有所思地想了幾秒鐘，而後拍了拍馬尾女的手肘。

馬尾女立即會意，拉著另外兩個女生一哄而散。

「老大，她們走了。」男人的手下畢恭畢敬地對他說。

還沒等那個男人開口說話，溫茉茉便走到男人面前，鄭重地鞠躬。

「不必，我剛好經過而已。」男人語氣淡淡的，同時側了身，避過了溫茉茉的禮。

「我……」溫茉茉停了一瞬，她想問這個人的名字，又怕貿然打探顯得唐突。

男人見溫茉茉沒有再說話，帶著一眾人就走了。

溫茉茉靜靜地凝視著他的背影，在心裡默默地向他道謝，知道這世界上還有人願意幫助她，她就很高興了。

高中被霸凌時等不到的那個人，至少現在出現了，這個世界總算沒有對她太狠心。

溫茉茉扶著牆一跛一跛地走出黑暗的巷弄。

溫茉茉會挑這家麵包店打工，其中一個原因就是離家近，走路只需十五到二十分鐘的路程。

她緩緩地走回自家巷口，看著前方那幢老舊公寓其中一個亮著燈的位置，拿出沒被砸爛的手機撥了通電話。

沒一會兒，電話就被接通了。

電話那頭是張伯均，溫茉茉的鄰居，也是一起長大的青梅竹馬。

「喂？」張伯均的嗓音懶懶散散地傳來，「怎麼了？」

「我被揍了。」溫茉茉說的話跟她當年高中被揍時說的一樣。

只是那次她整個人哭哭啼啼的，這次她反倒平靜了許多，可能是因為有人幫她解圍了吧。

張伯均連忙從床上跳起來，「啊？妳怎麼又被揍？妳在哪裡？」

溫茉茉抽了抽嘴角，「又？你別說得我三天兩頭就被揍似的，我也就高中被揍過而已。」

「妳還有心思說風涼話，先告訴我妳人呢？」張伯均沒好氣。

「我在巷口。你能不能帶件你的衣服來給我，免得我這副狼狽的模樣嚇到我媽。」溫茉茉找了個地方坐下休息，一放鬆之後，感覺渾身都痛。

「好好好，我馬上過去，妳在原地等我。」張伯均掛了電話。

溫茉茉收起手機後，低頭檢查自己的傷勢，其實傷得不算重，身上也沒有被潑穢物，比起上次的情況，這次已經好很多了。

她看著夜空，想著剛剛路過的男人。

人類總是無法滿足於現況，明明剛才已經獲救了，她還是會想，假如過去也有這麼一個人，在她挨揍時，阻止那些落到自己身上的拳頭，該有多好。

幾分鐘過去，張伯均喘著氣跑到她面前，「妳還好嗎？」

溫茉茉站起身，在他面前轉了一圈。

張伯均上上下下地審視了她好幾遍，發現她身上除了幾處明顯可見的擦傷和瘀青之外，沒有其他嚴重外傷，這才放下心來。

「頭呢？有沒有腦震盪，身體有沒有內出血？要不要去醫院檢查一下」

「沒有，我這次很有經驗，把重要部位都保護起來了。」溫茉茉有點無奈，「就是衣服上的腳印有點明顯，才叫你出來。」

張伯均了然頷首，「那去附近公園的公廁換衣服好了？」

溫茉茉同意。

張伯均扶著她的手臂慢慢前進，嘴上一邊碎念著：「妳怎麼這麼容易惹上這種紛爭？我原本以爲上了大學會好一點，沒想到還是跟高中一樣。女生面對這種情況，是不是都習慣只聽片面之詞就衝動行事？妳怎麼可能會是別人的小三？」

「欸，說話就說話，不要戰性別。」溫茉茉狀若無事地開口。

張伯均翻了個白眼，「到底發生什麼事了？」

溫茉茉這才仔細回想，剛剛那個看起來才念國高中的嬌小女生，年紀那麼小就能夠指揮其他女生當打手，背後應該有靠山吧？

她沒打算向張伯均詳細說明事發經過，便隨口回應：「怪我媽生了這張臉給我。」

「那妳沒反抗？」

溫茉茉挑眉，有點困惑地看著他。

「如果你是指被揍這件事的話，我當然有反抗。」溫茉茉想起她給馬尾女的那一巴掌，「但如果你是指這張臉，那我沒辦法反抗。」

張伯均瞪了她一眼，「以後妳遇上什麼情況，都這樣一副無關緊要的態度，遲早會吃虧。」

溫茉茉皺皺眉頭，她表現得很無關緊要？難道她現在非得哭天喊地才能顯示出她是無辜的嗎？

溫茉茉沒有回嘴，她知道自己性格中的缺點，確實是寧可咬斷了牙，也不願意喊痛，甚至還會故作輕鬆。

「廁所就在前面，妳去裡面收拾一下，我在外面等妳。」張伯均把手上的袋子遞給溫茉茉，「裡面有乾淨的衣服、褲子，還有毛巾，妳稍微把髒衣服上的腳印擦一擦，以免引起阿姨的注意。」

溫茉茉點點頭，提著袋子走進女廁。

她褪下上衣之後，才發覺自己身上的瘀青實在不少，稍微用力呼吸都能感受到疼痛，有些地方也擦破了皮。本來就白皙的皮膚，襯得傷口更加猙獰可怕，好在她下半身穿牛仔長褲，腿部沒有明顯的擦傷。

溫茉茉沾濕毛巾，把受傷處都擦了一遍，最後才換上張伯均拿來的乾淨衣服，接著她忍著臉頰上的紅腫刺痛，洗了把臉。

她看著鏡子裡面的自己，微蹙的眉頭，一雙水汪汪的眼睛，眼角略微上挑，像是在朝人放電，眼角還帶了顆淚痣，看起來彷彿隨時都會落淚。有人說她看上去我見猶憐，也有人說她根本是故意裝得柔弱可憐。

溫茉茉忽然委屈萬分地掉下了眼淚，她也想知道自己到底做錯了什麼，必須要遭受這種待遇，難道就因爲這張臉？

她滿臉淚水，內心充滿不平和悲哀。

「妳好了嗎？」張伯均在外頭喊，「怎麼一點聲音都沒有？」

「快好了。」溫茉茉連忙回應，一邊彎下腰將淚痕洗乾淨，才趕緊走出去。

「怎麼這麼久？」張伯均狐疑地看著她的雙眼，「妳哭過了？」

溫茉茉擠出一個比哭還難看的笑容，「我都被打成這樣了，哭一下很合理吧？」

張伯均本來只是隨口問問，沒想到溫茉茉眞的哭過，一時間手忙腳亂，不知道該怎麼安慰她。

「不然，我帶妳去吃點東西？吃串燒？」張伯均慌張地說，「我請客。」

「又不是你揍我，幹麼請客？」

「有人請客妳還不高興！」張伯均裝凶，「妳快打電話回去和阿姨說，妳要跟我去吃宵夜，不要讓她擔心。」

溫茉茉點點頭，打了電話回家，簡單交代幾句之後掛斷電話。

「走吧。」張伯均一手提著溫茉茉換下來的衣服，另一手朝她彎起手臂，「妳扶著我吧。」

溫茉茉毫不客氣地扶著張伯均，「我也不想老是被捲入這種誤會，可是我能怎麼辦？從此以後爲了明哲保身，再也不跟任何男人交談？這根本就不可能辦得到。」

「別不開心了，妳應該慶幸妳活著回來。」

溫茉茉失笑，「有你這樣安慰別人的嗎？」

張伯均悄悄鬆了口氣，他很清楚自己對溫茉茉就是青梅竹馬的情誼，但他每次看她露出那種故作堅強的表情時，就覺得胸口像是被什麼東西砸了一下，悶悶痛痛的，讓人很不暢快。

✦

溫茉茉在行事曆上特別標注了和周詳偉一起上選修課的日子。

這堂課是全校性選修，本來她應該在大一、大二就修課完畢，偏偏教授開課時間都跟她的打工時間撞在一起，她才會拖到即將畢業的最後一年，才選了這一堂美學導讀。

她還因爲這件事情被閨密宋涵秋念了一頓，說是幸好學校知道有些人要補學分，所以每週實習課只有四天，要是天天都得實習的話，她不就要延畢了嗎？

溫茉茉無話可說，只能傻笑著應付過去。

好不容易上完兩堂課，溫茉茉走到正在收拾課本的周詳偉面前。

見她過來，周詳偉疑惑地停下動作，「怎麼了？」

「我有事找你……」溫茉茉想了幾秒，又加上一句，「還有你女朋友。」

周詳偉愣了一瞬，「我女朋友？」

「對。」溫茉茉面無表情地頷首。

第一次上門找人理論，她緊張得小腿肚直發抖，好在這時候宋涵秋來了。

如果說溫茉茉有一張楚楚可憐的臉，那宋涵秋的長相就是充滿威嚴氣勢的類型，帶著一種正經嚴肅的感覺，讓人不敢對她開玩笑。宋涵秋只要一認眞說話，看起來就像是在說教。

宋涵秋往她身邊一站，溫茉茉立刻就充滿底氣，腿也不抖了。

周詳偉一頭霧水地看著她們兩個。

「詳偉，你好了嗎？」周詳偉的女朋友從教室門口探進頭來，見他和溫茉茉站在一塊兒，臉色馬上就垮了下來，快步地走到他們身旁。「怎麼了？」

溫茉茉早就查好這間教室下一堂是空堂，打算直接在這裡把話說清楚。

她原本是想讓周詳偉打電話把他女朋友找來，沒想到兩人的關係比預想的還要複雜，不是說要分手了嗎？怎麼現在又像是沒事一樣？

「妳是他女朋友嗎？」

女子讓溫茉茉這麼一問，像是豎起刺的刺蝟，語氣帶著毫不遮掩的戒備，「我是，妳們有事嗎？」

溫茉茉對她這種態度並不意外，倘若易地而處，她恐怕也會覺得自己是來找麻煩的。

「妳是不是有個年紀大約在國三到高一之間的妹妹……」溫茉茉描述了那名嬌小女生的外型。

周詳偉的女友皺著眉，雖然搞不清楚溫茉茉和宋涵秋的來意，但她還是點了點頭。

溫茉茉撩起外套袖子，露出手臂上的瘀青和傷痕，「妳妹妹帶人打我造成的。」

「不可能！」女子第一反應就是否認，「我妹妹這麼乖巧！」

「那請問，妳妹妹身邊是不是有一個綁著馬尾的女生，比她略大幾歲，對妳妹妹言聽計從。」溫茉茉頓了一瞬，「還有，妳和妳男友之前是不是要分手？」

女子聽著溫茉茉一絲不差地說出這些細節，儘管還有點狐疑，心裡卻已經相信了大半。

「妳若還不信，我們可以去警局報案，調出當天的監視錄影。」溫茉茉溫和直述，「只是就要花更多時間處理了。」

「我們找個地方好好聊聊。」女子很快就冷靜下來，「我叫羅琳羽，我知道妳是溫茉茉，這位是？」

宋涵秋自我介紹後，笑著攏了攏頭髮，並未有任何膽怯。

溫茉茉看了宋涵秋一眼，心中無比羨慕她的自信，這是她永遠無法擁有的。

一行四人步行至學校附近的茶館，這間中式茶館低消不高，且包廂不限時，足夠讓他們把事情說清楚。

羅琳羽看著溫茉茉，主動開口：「倘若真是我妹妹做的，那我會負起責任，賠償妳的損失，不是的話……」

她隱去了後半句話沒說，警告的意味不言而喻。

溫茉茉也無所謂，反正吃虧的總歸不會是她，她把當天的情況詳細說了一遍，而後等著羅琳羽的回答。

包廂裡安靜了好一會兒，羅琳羽首先追問的問題卻是：「妳說有一個男的帶著幾個人經過，順手救了妳？他長什麼樣子？叫什麼名字？」

溫茉茉不明所以，依照正常邏輯，羅琳羽的重點應該放在她妹妹身上吧？

不過她沒有把這個想法說出來，只簡單描述了一下那個男人的長相，「至於姓名，我沒有問。」

羅琳羽垂下眼眸沉默片刻，「我知道了，妳想要什麼補償？我很抱歉我妹妹對妳做出這種事情。」

「妳不打算去警局調影片？」宋涵秋問，又扯了扯嘴角，「妳可別現在說要補償，等一下出去又找人來蓋我們布袋。」

「我想不出來妳們有什麼理由騙我，最重要的是……」羅琳羽停了下來，像是有點掙扎，最後還是吐出一句，「那個男人我可能知道是誰。」

「是誰？」溫茉茉在自己反應過來之前，已經先脫口而出。

羅琳羽挑眉，「他是道上的人，我只能告訴妳這麼多。」

「那你們也是道上的人？」溫茉茉冷汗直流，沒想到捅了一個馬蜂窩。

羅琳羽瞄了一眼周詳偉，語帶保守地說：「有點關係。」

「那我今天來找你們，不會惹來新的麻煩吧……」溫茉茉驚疑不定地問。

羅琳羽嘴角勾了勾，「妳來找我們之前沒有想過這種可能嗎？」

誰會想過一個國高中生家裡是混黑道的啊？而且還是爲了替姊姊爭風吃醋這種小事找上門？溫茉茉在心裡抓狂吶喊。

「放心吧，嚇唬妳的。」羅琳羽看著溫茉茉慘白的臉，竟然忍不住想安慰對方，她頓時神情複雜地看向周詳偉，他該不會喜歡這種類型的吧？那跟自己可眞是差太多了。

羅琳羽想了想，從錢包裡掏出幾千塊，推到溫茉茉面前，「這算是醫藥費，我替我妹妹向妳道歉。」

溫茉茉禮貌地婉拒：「不用了，我只是受點了皮肉傷。況且我過來找你們，本意也不是要補償，只是希望你們可以多關心一下妳妹妹，不管出於什麼原因，打人都是不好的。」

羅琳羽露出了微妙的表情，對溫茉茉的建言不置可否，只淡淡說：「收下吧，妳收了，我們就算私下和解。」

溫茉茉猶豫了一會兒，點點頭，把錢收下。

「那我們先走了。」羅琳羽起身，拍拍周詳偉的肩膀，示意他一起離開。

「等等。」溫茉茉用手指著周詳偉，「我跟他一點關係都沒有。」

羅琳羽笑了笑，「我知道。」

「那妳妹妹……」怎麼會找我麻煩？溫茉茉沒把話說完。

「羅琳翔她可能是……聽見我們在電話裡吵架吧。」羅琳羽瞄了周詳偉一眼，停頓幾秒，聳了聳肩，「我妹妹從小就不愛說話，家人都不知道她腦子裡在想些什麼。本來以為她大概是不喜歡家裡那種環境，打算等她高中畢業就送她到日本念書……沒想到她適應得很好，小小年紀就懂得揍人打架。」

溫茉茉幾乎可以在腦海裡描繪出一個文靜的小女孩，看著三教九流在自己家裡聚會，甚至高談闊論做了哪些事，最後耳濡目染學會了用旁門左道解決問題。

「如果妳想知道我妹為什麼找妳麻煩，我沒辦法給出明確的答案，事實上我也滿震驚的。」羅琳羽說。

儘管才交談一會兒，溫茉茉已能斷定羅琳羽性格直爽，不是那種會推諉卸責的人，便接受了這個說法。

羅琳羽走到包廂門口停下，「這次沒事了吧？」

溫茉茉看著周詳偉像個小媳婦一樣站在羅琳羽身旁，輕聲道：「沒事了，再見。」

羅琳羽轉身離開包廂。

第二章

等到看不見羅琳羽和周詳偉的身影之後，溫茉茉才鬆了一口氣，「嚇死我了，還以爲要被揍了，完全沒預料到她們家居然是黑道……不過仔細想想這樣比較有道理，不然哪個正常的國高中生會撂人打架尋仇啊？」

宋涵秋沒好氣地瞪著她，「妳怕什麼？頂多就是報警處理，妳又不理虧。就算是黑幫也不能爲所欲爲！」

溫茉茉拿起桌上的水杯喝了一口，「報警的話，就更難收拾了，我本意也不是想把事情鬧大，只是希望她們看好那個小女生，不要再找我麻煩就好。」

「也是。」宋涵秋瀏覽起桌上的菜單，「但是照我的想法，那種小孩不管幾歲都應該好好教訓一頓，又不是全世界都有原諒她的必要。」

「那倒沒有，假設今天她是個成年人的話，我肯定不會原諒她。」溫茉茉頓了頓，「可是對方是個小孩子，就算告上法院大概也是輕判，況且她根本沒實際動手。找其他跟班的麻煩也沒什麼意義，還有可能因此惹禍上身，不如先私底下談談。」

宋涵秋這才轉頭看她，「沒想到妳還設想了這麼多，我以爲妳就是一個聖母。」

溫茉茉搖搖頭，「還好我想得多，不然妳看人家的背景，直接報警一定不會這麼輕易地收尾。」

「妳這麼說也對。」宋涵秋同意，「幸好羅琳羽算明理，也願意溝通，沒有上來再揍妳一頓。」

溫茉茉心有餘悸，「還好有妳陪我，要是有什麼意外妳也可以幫我報警。」

「我當然要陪妳來，不然妳被欺負了怎麼辦？」宋涵秋佯怒瞪了溫茉茉一眼，她本身眼睛就大，這麼一瞪還眞的瞪出了點怒氣。「而且我也贊成妳找羅琳羽詳談，雖然妳不跟小孩計較，但是也不能放縱她。」

「妳說得對！那我請妳吃東西？」溫茉茉摟住宋涵秋的手臂，接著晃了晃捏在手上的幾張千元紙鈔，「我現在可是有錢人，要不要試試看被錢打臉的感覺？」

宋涵秋噴笑，「我還眞沒試過。那我是不是得叫妳大爺？」

「乖。」溫茉茉拍拍她，「好好服侍爺，自然有妳的好處。」

「給妳幾分顏色妳還眞開染坊了。」宋涵秋斜睨了她一眼「錢妳還是自己留著吧，身上多一點錢也比較安心。」

「請一頓飯還是可以的。」溫茉茉堅持。

「那妳請我喝杯飲料就好。」宋涵秋托著臉，「我減肥呢。」

溫茉茉心想，減肥還喝什麼飲料？但她明白這是宋涵秋的體貼，便沒戳破這個謊話。

兩人又聊了一會兒，加點的幾樣炸物還沒上桌，溫茉茉的手機忽然就響了。

「張伯均？」宋涵秋曖昧地瞅著她，「你們到底要不要在一起？」

溫茉茉一邊接起電話一邊說：「這種事情我怎麼知道。」

「他不告白就妳告白，這樣不就能在一起了嗎？」宋涵秋語氣理所當然。

此時溫茉茉已經把注意力都轉移到通話中，沒聽見這句話。

「茉茉，阿姨倒在妳家門口，妳趕快回來看看！」電話一接通，張伯均急切的聲音倏地傳來。

溫茉茉還來不及思考，身體已經做出反應，她直覺抓著包包就站起身。

「你知道我家鑰匙放在哪裡吧？麻煩你先扶我媽進門，我馬上就回去。」溫茉茉說完就要往外衝。

「別急、別急！」宋涵秋抓著她的手臂，「妳先冷靜下來，不要最後阿姨沒怎麼樣，妳反而在回家路上出事了。」

「我知道、我知道，我不急，我……」溫茉茉嘴上這麼說，臉上的神情卻滿是慌張。

「算了算了，我陪妳一起回去，我們搭計程車比較快。」宋涵秋果斷地結了帳，拉著溫茉茉坐上計程車。

二十分鐘後，兩人回到溫茉茉的家裡。

溫母已經躺在床上休息了，溫茉茉先替溫母量過血壓、血糖，以及體溫，確定一切都沒有異常之後，才返回客廳。

「謝謝你啊。」溫茉茉難掩憂心，但還是記得先向張伯均道謝。

張伯均沒當一回事地擺擺手，又問：「妳晚上的打工還去嗎？阿姨需要有人照顧吧？」

溫茉茉搖搖頭，「不去了，我請同事幫我代班。」

她拿起手機，打電話給林婉，又打給老闆，請假流程才算跑完。她鬆了口氣往後癱坐在沙發裡，「謝謝你們，晚上我做飯，你們都留下來一起吃頓便飯吧。」

宋涵秋關心地摸摸她的頭，「妳還好吧？」

溫茉茉回以感激的笑容，「沒事，我媽也不是第一次發作了，只是每次發病我都還是很害怕。」

「阿姨這個病……」宋涵秋欲說還休，停了幾秒鐘才問：「有回醫院追蹤嗎？」

「有，前幾天回診，醫生還說情況控制下來了，不知道爲什麼今天突然又發作。」溫茉茉疲憊地揉了揉眉心，「這個病就是這樣，無法痊癒，只能控制。」

宋涵秋和張伯均對溫母的病都略知一二，聽到這樣的結論，一時之間也不知道應該說點什麼，才能安慰溫茉茉。

久病不僅折磨病人，也很考驗家屬的心志。

客廳安靜了一陣，溫茉茉勉強打起精神，「我去看看冰箱裡有什麼菜。」

她走進廚房，身後張伯均跟著進來。

「妳還好嗎？」

「我沒事。」溫茉茉轉身望向他，「今天很謝謝你，沒有你的話………」

「我也是恰巧看見的。」張伯均不讓她繼續說下去，「妳的臉色不好，不然妳也去休息一下，晚餐我們叫外送就好。」

溫茉茉想了想，最終同意，她確實沒有心力做飯了。

張伯均握住了她的肩頭，輕輕晃了晃。「茉茉，打起精神，有什麼問題妳都可以找我幫忙。」

溫茉茉抬起頭，感動地看著他，「你已經幫我很多忙了。這畢竟是我們的家務事，不好意思拖你下水。」

「妳這話說得就有點過分了。」宋涵秋也走進廚房，站在張伯均身後，「妳竟然把我們當外人看待？」

溫茉茉解釋，「我不是那個意思。」

「妳就是那個意思。」宋涵秋不放過她，「道歉，不然不原諒妳。」

溫茉茉笑出聲，「都幾歲了還玩這種遊戲，好啦，我道歉，對不起。」

宋涵秋一副大人不記小人過的模樣，「這才對啊，身爲妳的好朋友，不管發生什麼，我們都很願意幫妳。」

溫茉茉點點頭，「我只是……」

「我懂，妳只是不想造成我們的麻煩。」宋涵秋截斷她的話，「可是我一點都不覺得麻煩，張伯均也是。」

宋涵秋轉頭看著張伯均，「對吧？」

「當然當然。」張伯均立刻點頭如搗蒜。他從一開始就很怕這個氣勢很強的女生，也不知道性格與她反差極大的溫茉茉是怎麼跟她相處的……大概是朋友之間的互補吧？

看著張伯均臉上像是被宋涵秋脅迫的表情，溫茉茉心裡那一絲絲憂鬱也被他們的關心給驅散。

「那晚餐要吃什麼？我們人多，可以叫多一點。」溫茉茉淺笑著問。

三個人最終叫了西式的餐點。

在等待外送的期間，溫茉茉想起溫母應該也尚未吃晚餐，便替溫母在電鍋裡熬上一鍋白粥。過沒多久，他們點的菜就都送到了。

三人邊吃邊聊，一下子就把餐點吃完了。

宋涵秋瞄一眼牆上的時鐘，轉頭問：「茉茉，妳需要買什麼東西嗎？」

「啊？」

「我差不多要回家了，回家之前可以先去附近的超商幫妳買點東西。」宋涵秋左右看了看，「像是吃的喝的。等會兒我們都離開了，妳也不好讓阿姨一個人留在家裡，獨自出去採買吧？」

溫茉茉想了想，搖搖頭，「應該不用，這些家裡都還有。」

「那就好。」宋涵秋起身，拍拍張伯均的肩膀，「那茉茉就拜託你照顧了。」

張伯均客氣道：「大家都是鄰居，互相幫忙也是應該的。」

宋涵秋哼笑了聲，溫茉茉眞怕她忽然語出驚人，問他們兩個要不要在一起。

幸好宋涵秋最後沒說什麼，拿起包包就走到門邊。

溫茉茉也跟著走到門邊，「我今天不能送妳了。」

「沒關係，我知道怎麼走。」宋涵秋突然轉個話題，「記得交老人護理學的小報告。」

溫茉茉臉上一僵，她忘了還有這件事。

「謝啦。」

「我走了，妳快進去吧。」宋涵秋揮手，逕自轉身離去。

直到看不見宋涵秋的身影，溫茉茉才關上門。

這時候，張伯均已經把桌面上的晚餐垃圾都收拾乾淨了。

「謝謝你啊。」溫茉茉倒了一杯水給他。

張伯均還沒開口說話，一直敞開房門的臥室裡，傳出了溫母的呻吟，兩人連忙快步走進臥室。

溫母自行撐著身子坐起，半靠在床頭上，看見女兒和張伯均憂心的神情，她便知道自己又發病了。

「媽，有沒有哪裡不舒服？」溫茉茉問，「需要去急診嗎？」

溫母虛弱地搖搖頭，「不用，老毛病了，休息幾天就好。」

溫茉茉仍舊十分擔心，「我餵妳吃點粥，再吃藥，然後妳再休息一會兒。」

「好。」溫母同意，將目光落到張伯均身上，「伯均怎麼來了？」

「今天下午妳在家門口昏倒，是他背妳進屋的。」溫茉茉解釋，「所以我留他吃頓晚餐。」

「應該的、應該的。」溫母說沒幾句，便開始咳嗽。

溫茉茉走上前替溫母順了順氣，見她不再咳了，才起身走向廚房，「我去把粥端來。」

她知道溫母現在不想吃油膩的東西，於是白粥上只放了幾塊醬瓜，主要是讓味道不至於太過單一。

溫母緩慢地把粥吃完，隨後又把藥吃了，溫茉茉便伺候她躺下。

「我沒事了，你們去客廳坐坐，不然就出去外面透個氣，年輕人不要老待在屋子裡。」溫母語調和緩，「把遙控器拿給我，我看一下電視，等會就睡了。」

溫茉茉依言把遙控器放到溫母手中，一邊說：「現在都天黑了，妳要我們去哪裡逛逛？」

「去附近的公園也行。」溫母的眼神裡帶著一點期待，希望自己的女兒能趕緊和張伯均湊成對，這樣她走了以後，也有個人可以照顧溫茉茉。不過她也明白愛情得看緣分，不是自己怎麼想，就能怎麼發展的。

「那我們就去附近的公園，順便買點東西。」溫茉茉不想違拗溫母，便順著她的話應下，「明天早上妳想吃麵包嗎？我買幾個回來。」

溫母搖搖頭，「剩下的粥熱一熱就好了。」

「好。」溫茉茉把溫母的手機放在床頭櫃，「妳有事就打電話給我，我隨身帶著手機。」

溫母頷首，「你們去吧，別擔心我，我就待在床上，不會有事的。」

溫茉茉反覆確認溫母沒有大礙後，才拿著錢包和手機離開家。

「沒問題嗎？」張伯均還是不太放心。

溫茉茉點點頭，「我媽都這樣說了，也只能相信她。」

「不如先去買點補給品吧？」張伯均提議，「剛好我可以幫妳提東西，像是米、洗衣精、衛生紙之類的，不然妳一個人提不了。」

溫茉茉想了想，覺得這想法不錯，兩人就去了不遠處的大賣場，採購許多日常用品，還順手買了兩罐啤酒。

回家途中，他們繞進小公園裡，分別坐在相鄰的鞦韆上，一人一罐喝了起來。幾口黃湯下肚，溫茉茉緊張一整個晚上的情緒才徹底鬆懈下來。

兩人胡扯了幾句，又聊了聊彼此的近況，溫茉茉把今天和羅琳羽打交道的事說給張伯均聽。

張伯均聽到羅琳羽家裡是道上的，也同樣擔憂這樁麻煩會不會很難就此畫下句點。

或許是和溫母的病比起來，被小女生找碴實在不算什麼，溫茉茉現在倒是沒這麼擔心了，隨口說：「不然我再去找羅琳羽，加她的LINE，要是她妹妹再來找我，我就打電話找她。」

「我覺得這主意不錯。」張伯均喝下最後一口啤酒，用腳踩扁空罐，「妳也可以找我啊。」

溫茉茉低低地笑起來，「找你來一起挨揍嗎？」

「妳這麼瞧不起我？」

溫茉茉也喝下最後一口酒，「那倒不是，只是你又不是警察，來了，羅琳羽的妹妹可能也不怕，我還不如直接找羅琳羽。」

「也是啦。」張伯均接過她的空罐，連同自己手中已經被踩扁的罐子，一起扔進回收桶裡。

「幹麼，生氣了？」溫茉茉戳戳他的手臂，「我這不是怕連累你嗎……」

「妳什麼都怕連累我，我們到底算不算朋友？」張伯均口氣沮喪，「每次妳這麼說，我都覺得自己特別沒用。」

溫茉茉沒想到他有這種想法，一時間愣住了，不知道應該回些什麼。

張伯均提起那袋日常用品，「算了，走吧。」

「不要生氣啦。」溫茉茉走在他身旁，「我只是單純覺得麻煩別人不好。」

「我又不是別人……」張伯均反駁。

那你是我什麼人？溫茉茉本想這麼問，最終沒有開口。總覺得自己問了，像是在逼迫他給自己一個答案，況且自己對張伯均似乎也沒有這樣的心思，這麼貿然問出口，怎麼想都不合適。

兩人沉默地走了一路，張伯均幫她把東西放進客廳之後就離開了。

溫茉茉家是四樓B戶，張伯均家是五樓A戶，他順著樓梯往上走一層就到了自己家門口，一推開門，就看見張母坐在沙發上看電視。

「又去找溫家的丫頭了？」張母語氣冷淡。

張伯均有點不好意思地點點頭。

「大家都是鄰居，互相幫忙很正常，你和溫家丫頭從小一起長大，感情好點也是應該。」張母頓了頓，「但是你千萬不要想跟她交往，她家裡的情況你還不清楚嗎？」

張伯均悶不吭聲走進廚房，打開冰箱，而張母的念叨依舊持續著。

「重病纏身的岳母足夠拖垮你們兩口子了，我不求你找個千金小姐回來，畢竟我們供不起，可是也不能找個會連累你的對象啊。」

張伯均本來心情就有點不好，一聽這話，忍不住回嘴：「沒有人希望自己的母親生病。」

張母瞟了他一眼，「也沒有人願意娶一個家裡有病人的女人。你還年輕，不懂這其中的道理，人家說久病床前無孝子，可見久病多可怕，溫太太那身體，我看是不會好了。」

張伯均不耐煩，「好啦好啦，我知道了。」

見自己兒子有些不悅，張母放軟了語氣：「茉茉那丫頭長得漂亮，個性也乖巧，這我都知道，所以我也沒阻止你去幫她們，只是幫助人家有很多種方法，不是一定要把自己搭進去，你懂嗎？」

張伯均心裡煩躁，一方面覺得張母說得沒錯，一方面又覺得溫茉茉很可憐。於是他帶著一股無法發洩的怒火回房，重重甩上門。

過了幾天，溫母的病情漸漸穩定下來，溫茉茉的生活也回到了軌道上，除了偶爾會想起那個男人之外。

隔了一週，溫茉茉透過周詳偉找到了羅琳羽，向她要LINE，羅琳羽雖然覺得溫茉茉這是多此一舉，但還是給了，溫茉茉順道打聽羅琳翔的情況。

「我回去一問她就招了。」羅琳羽無可奈何地搖搖頭，「她大概是怕惹上那個人吧。」

「救我的那個人？」溫茉茉有些疑惑。

「對。」

「他叫什麼名字？」溫茉茉問。

羅琳羽思考片刻，「告訴妳也沒關係，反正妳應該不會再見到他了。」

羅琳羽說，那個人叫蘇玄雨，是某個大企業家的外孫。

只是不知道爲什麼，沒有追隨他外公成爲一個金融鉅子，反而成爲這附近小混混的頭，手下隨時有好幾十人可以調動，哪裡需要「喬事情」，找他准沒錯。

然而蘇玄雨具體做了什麼，溫茉茉就問不出來了，羅琳羽並不打算和她說太多這個圈子裡的細節。

「那妳也算是黑二代吧？」溫茉茉壓低音量。

羅琳羽點點頭，沒有否認。

她對溫茉茉的感覺很複雜，起初以爲溫茉茉是情敵，便對她存有敵意，但沒想到自己妹妹搶在前頭找了人家的麻煩，可偏偏溫茉茉並不是小三。

而後溫茉茉也沒有報警，反倒私下聯絡她，勸她別讓妹妹走上歧途。倘若此事鬧上警局，即使她家裡有門路可以解決，可是事後羅琳翔就不好過了，連帶她也會受到波及。

這一連串的發展，總讓她覺得自己欠溫茉茉一個人情。

「妳跟蘇玄雨不熟嗎？」溫茉茉又問。

「當然不熟，誰想跟他熟。」羅琳羽立刻否認，「我勸妳也別把他掛在心上了，蘇玄雨的13K……唉，一言難盡，反正那個也不是正式的黑幫，算是遊走在模糊地帶，和那種人往來，可能會讓妳惹上麻煩。」

「是嗎……」溫茉茉垂眸思考，臉色黯淡了下來。

大概是因爲她從高中就期盼，有人能在她無端遭受欺凌之際，挺身替她解圍，她等了這麼多年，才等來一個蘇玄雨，所以她才會揪著這件事不放。可是就算她問出了其他關於蘇玄雨的訊息，又能怎麼樣？請他吃飯嗎？他恐怕不差這一頓飯。

羅琳羽見到溫茉茉那副失望的樣子，忍住莫名其妙想要安慰她的衝動，僵硬著聲音問：「沒事了吧？」

「沒事了。」溫茉茉連忙說，「謝謝妳。」

「走了。」羅琳羽大步離開。

儘管心中失落，溫茉茉卻也明白，羅琳羽不跟她說太多，是怕她惹禍上身。收拾好心情，溫茉茉趁著空堂到圖書館查資料，將整理好的報告寄給組長之後，才準備去打工。

今天早上是林婉當班，溫茉茉進到麵包店裡，就見她百無聊賴地抬起頭。

「妳怎麼這麼早就來了啊？」林婉好奇，「不是還有半小時才輪到妳的班嗎？」

「我沒地方去，就先來陪妳聊天了。」溫茉茉熟門熟路地放好包包，換上圍裙，坐在林婉身旁。

「妳眞是模範員工。」林婉打趣她，「反正我是不肯提早五分鐘以上來店裡。」

溫茉茉被她說得發笑，林婉這習性她也了解。

兩人隨意地聊了一會兒，溫茉茉才提起溫母的事，「前兩天謝謝妳幫我代班。」

「小意思，我們可是朋友啊！」林婉性子頗爲仗義，「阿姨的身體好點了嗎？」

「老樣子，沒發病都算好，一發病就很嚇人。」溫茉茉緩緩地道，「那我要把薪水補給妳，還是幫妳代班？」

由於是小麵包店的關係，老闆對人員管控不太嚴格，只要兩個人協調好，有人來上班，他不介意她們私下稍微調動班表，誰偶爾沒點急事？

「我才不要錢，妳乾脆明天幫我代班吧，我明天怎麼就這麼不想上班呢？」

溫茉茉笑個不停，「有人會想上班嗎？」

林婉也咯咯笑。

溫茉茉拿出班表查看，「明天妳是晚班？」

「對啊，我最討厭晚班了，還要留下來收拾。」林婉伸了伸懶腰，「明天妳也不用幫我代整個晚班，跟今天一樣的時間來就可以了。」

「好。」溫茉茉點點頭，「那妳晚上打算去幹麼？」

「不知道，看個電影吧？」林婉還沒想好，便聽見門外傳來巨大的聲響。

兩人同時站了起來，齊齊往外頭望，只見巷口有輛車，歪歪斜斜地撞在電線杆上，底下還壓著一個人。

溫茉茉立刻拿起電話報警，然後跑到巷口。

縱使她是護理系的學生，此刻親眼見到這麼多血，還是嚇得慌了手腳，好在她比周圍的人還要快回過神來。

她阻止想要移動傷患的民眾，接著確認傷者是否失去意識。

在救護車來之前，她還想要多做點什麼，於是脫下了自己的外套，替傷患的傷口加壓止血。

她不知道這麼做有沒有用、能不能救活這個人，但身爲一個預備護理師，她沒辦法眼睜睜看著傷患的血不斷汩汩往外冒，明明她比別人多學了這麼多相關知識。

沒過幾分鐘，救護車就到了，救護員接手了她的工作，並且誇獎她做得很好。

等到救護車走後，溫茉茉腦子一片空白，雙手沾滿血跡。警察照例過來詢問她事發經過，她一臉茫然，回答也零零散散的。

忽然有人將一件外套蓋在她的身上，溫茉茉聞到一股淡淡的古龍水氣味，暖暖的溫度籠罩著她，仰頭一看，她認出那人是蘇玄雨！

她張開嘴巴想要喊他，喉頭卻像是被一團棉花塞住了，一點聲音都發不出來。

蘇玄雨！

她在心裡一邊喊著他的名字，一邊看著他越走越遠，連頭都沒回。

「小姐！」警察的呼喚已浮現不耐，「請妳回答問題。」

溫茉茉收回視線，深吸一口氣，繼續配合警方的調查。

結束問話後，她帶著一身髒污、血漬，還有蘇玄雨的外套回到了麵包店。

林婉是跟溫茉茉一起衝出去的，溫茉茉去救人的時候，她不知道自己能幹麼，當下只能站在一旁圍觀。現在她看著溫茉茉這一身狼狽，雖然知道是因爲救人造成的，還是頗爲震驚。

「我看，妳先回家換衣服好了。」林婉愣愣地說，「妳這衣服洗了還能穿嗎？還有……妳哪來的西裝外套？」

溫茉茉不知道應該怎麼解釋，索性默默無言。

她不確定蘇玄雨有沒有認出自己就是他那天救的人，還是他只是又一次善心大發，所以把外套蓋在自己身上？

林婉見溫茉茉沒有反應，伸手在她面前晃了兩下，「嚇傻啦？妳剛剛倒是一點都沒害怕就衝上前了。」

溫茉茉眨眨眼睛，笑而不語，一個勁地想著，蘇玄雨究竟有沒有認出她來？

✦

蘇玄雨雙手插在口袋，慢悠悠地走進會館，裡頭播放著現在最流行的KPOP，他還沒進到包廂，趙傑立刻迎上前。

「老大，你怎麼一個人過來了？那幾個手下呢？」

蘇玄雨沒說話，逕自走入包廂。

趙傑一頭霧水地走在蘇玄雨身後，替他端茶倒酒，又叫了幾個小姐進包廂，見蘇玄雨不想說話，就退到門邊去，盡量不去蘇玄雨面前晃，省得惹人嫌。

趙傑心想著，回頭就把那幾個手下叫過來罵一頓，怎麼可以讓老大一個人在路上晃，就算老大下令不讓他們跟著，那也應該通知他，這麼沒規矩，不教訓不行。

「老大，你今天怎麼沒穿西裝啊？」其中一個小姐貼在蘇玄雨身上問，「以前不是不管天氣多熱，老大都穿著西裝嗎？」

蘇玄雨伸手探進她的領口，握著一邊的渾圓揉了幾下，漫不經心地說：「路上丟了。」

那小姐在他身上扭動，發出了陣陣銷魂的吟哦。

蘇玄雨冷不防想起那個臉上、身上都沾滿血漬的女人，她站在路邊，宛如受到驚嚇的小動物。明明是她自己主動衝上去救人的，就算沒有洋洋得意居功自恃，也不應該手足無措，露出像是犯了錯似的表情吧。

貼在蘇玄雨身上的小姐伸手往他胯下摸，本來他並不討厭這個舉動，今天卻感到興味索然。

他懶得說話，擺擺手，趙傑便識趣地把那幾個小姐都趕了出去。

趙傑走到蘇玄雨身邊，「老大，你心情不好？」

「今天沒興趣。」蘇玄雨百無聊賴地開了一瓶啤酒，仰頭喝了大半，才問：「今天都沒事吧？」

趙傑神情頗爲自豪，「沒事，除了幾個不長眼的，誰敢在我們的地盤上鬧事，我們13K現在也算是有名氣了。」

「嗯。」蘇玄雨懶洋洋地應了聲，「那我先走了，你看著辦吧。」

「這麼早?」趙傑語氣多了點擔心，「老大你是不是身體不舒服?要不去診所看看?」

蘇玄雨瞪了他一眼，沒多說什麼話就離開會館了。

13K是這一帶酒店、會館的圍事所組成的聯盟。它一開始單純是附近幾個酒店小弟聯合的團體，偶爾互相支援，幫忙出些人力，處理小糾紛。

他們工作的場所龍蛇混雜，難免擦槍走火起紛爭，若是挑釁者發現己方寡不敵眾、勝算不大，多半就會選擇撤退。幾次下來，周圍知道這個團體的人也多了，慢慢地就有其他勢力的小弟加入，進而形成一個頗具規模的聯盟。

13K來者不拒，就算加入者本來就已有歸屬幫派也無所謂。

道上的大幫派也知道13K的存在，可是這事往大了說，13K並不是要挖人，甚至沒有想要稱霸一方的念頭，往小了說，也就幾個小屁孩組織的聯盟，犯不著理會，幾個大幫派便對此睜一隻眼閉一隻眼。

在如此默許之下，13K的勢力便日漸壯大，而蘇玄雨就是13K的領頭。

趙傑雖然在蘇玄雨面前唯唯諾諾的，但蘇玄雨不在的時候，13K幾乎都是他在打理，他本人也很享受這種一人之上，萬人之下的感覺。然而他也很有自知之明，如果13K的老大不是蘇玄雨，他根本不會得到這個機會。

趙傑在旁邊看得很清楚，蘇玄雨並不想當13K的領頭者，他壓根就對幫派結黨沒什麼興趣，只是在因緣際會之下，被簇擁著坐上了那個位置。

蘇玄雨是天生的領導者，外表長得高大帥氣，且富有人格魅力，行事果斷霸氣。只不過個性有點忽冷忽熱，就連趙傑也捉摸不定他心裡的想法，遇上需要13K出面的狀況，蘇玄雨有時願意衝第一個，偶爾又連理都不理。

趙傑最不能理解的是，爲什麼蘇玄雨看起來好像對什麼事都提不起勁，就像是一頭懶洋洋的黑豹，旁人趨之若鶩的權力和女人，在他眼中似乎都可有可無。

不過，這樣也好，哪怕蘇玄雨多那麼一點點的衝勁與野心，13K就沒有他存在的必要了，所以他會一直擁護蘇玄雨，對他而言，這是一種交換。他讓蘇玄雨坐上最頂端的位置，相對的，他要自己的地盤，除了蘇玄雨之外，所有人都必須聽他的，沒有人可以挑戰他。

蘇玄雨漫無目的走在街上，不知爲何又走回傍晚他目睹車禍的巷口。

車子已經拖吊走了，被撞倒的電線桿還歪歪斜斜地靠在一旁的路樹上，也許明天才會有工程隊來處理。

他雙手插在口袋裡，腦海裡又浮現當時的場景，他從沒見過長得這麼柔弱可憐的女人，像是一朵誰都可以踐踏的野花。

蘇玄雨朝著巷子裡看了一眼，發現有一間麵包店，他想也沒想就進到麵包店裡，挑了幾個麵包。

他結完帳，走出店門，又走到附近的超商買了酒，最後才搭上計程車回到家裡。

小小的一間公寓，裡頭一個人都沒有。

由於每天會有打掃阿姨過來，房子看起來總是乾淨整齊，他昨天喝空了的酒瓶，今天已經消失了。

蘇玄雨打開燈，今天他老是覺得有種難以言喻的疲憊從心底竄出。

他看了一會兒電視，又滑了一陣子手機，才拿起剛剛買的啤酒和麵包走進廚房。

他把麵包放在盤子上，把啤酒倒進杯子中，再把這些東西放在他母親的遺照前。

今天是他母親的忌日，當年他母親就是死於車禍，肇事者不是酒駕，是疲勞駕駛，不過無論是哪一種，他母親都不會回來了。哪怕他已經過了血氣方剛、動不動就要找人報仇的年紀，他也永遠不會原諒那個人。

「媽，一年又過去了，妳在那邊過得好嗎？」蘇玄雨持香，叨叨地念著。

「我今天在路上看見一起車禍，有個女孩子衝出去幫傷者止血，當初若是也有人這樣幫妳一把，妳是不是就不會死了？」

蘇玄雨說完就笑了下，帶著點自嘲的意味，自己這是怎麼了，這般多愁善感？

「不說了，我買了妳喜歡的肉鬆麵包，妳記得吃。」

蘇玄雨把香插進遺照前的香爐，揉揉發疼的太陽穴，洗完澡後便躺上床睡了。

他的人生就是如此乏味。

當年他只是想在生活中找點樂子，恰好趙傑他們碰上問題，他就想了個類似互助會的辦法幫他們，不料最後衍生出**13K**這樣一個頗具規模的組織。

即使如此，他也不覺得自己應該在13K多花什麼精力，甚至也對13K沒有責任感，說到底，那不是他該管的，他不過是一個路人。

第三章

溫茉茉以爲她還有機會見到蘇玄雨，然而十月結束了，十一月過了大半，她的實習地點從婦產科調到忙碌的急診室，這段期間她完全沒有遇到他。

等她再次看到蘇玄雨時，是在電視新聞上，當下她覺得自己的心臟微微地縮了一下。

大概是最近沒有重大消息，因此當這件黑道衝突命案發生後，全部的新聞臺都大篇幅地報導。甚至還有記者做了關於13K的介紹，也就是在這個時候，她才知道13K究竟都幹了什麼事。

即使溫茉茉早已得知蘇玄雨是不良分子，但在目睹報導之前，她還是有些不願相信，畢竟在她眼中，蘇玄雨的兩次出手相助，一點都不像壞人。

因爲這件事，溫茉茉又約了羅琳羽在學校附近那間有包廂的茶館碰面。

「新聞提到的案件是眞的還是假的？」溫茉茉點好餐點之後，劈頭就問。

「我就知道妳要問我有關蘇玄雨的事情。」羅琳羽一點都不意外，她早察覺到溫茉茉對蘇玄雨特別關心。

溫茉茉眨著眼睛，等著她的下文。

「簡單來說，就是13K把某個黑道老大的兒子打死了。」羅琳羽言簡意賅，見溫茉茉一副有聽沒有懂的樣子，便從頭解釋這些組織之間的關聯與勢力範圍。

溫茉茉這才恍然大悟，思考了半晌，才又問：「照妳這麼說，13K就是個上不了檯面的小組織，怎麼會不長眼睛去打死黑道堂主的兒子？」

羅琳羽搖搖頭，喝了一大口綠茶，「這妳就不懂了。在打群架時失手打死誰都說不准，也可能是13K最近風頭鬧太盛，有點不知道節制吧。」

溫茉茉聽得雲裡霧裡的，「不知道節制是什麼意思？」

羅琳羽扶額，「跟妳一個外行人說話好累……」

「別這樣嘛。」溫茉茉討好地說：「不然我請妳吃飯？」

「這又不是一頓飯的問題。」羅琳羽翻了個白眼，嘆一口氣，「我上輩子一定欠妳錢，而且還欠了一大筆。」

「拜託解釋一下嘛……」溫茉茉朝她露出祈求的眼神。

「其實也不全是13K的問題。本來幫派想要擴展領地，就一定會跟舊有勢力產生摩擦，偶爾可以大家坐下來聊一聊，偶爾就會像這次一樣，直接起衝突。」羅琳羽頓了頓，「那個堂主的兒子也滿倒楣的，可能他家裡最近想要解決13K，又找不到方法下手，那人就自告奮勇帶了幾個人上門，結果反倒被13K打出來。」

「13K這麼凶喔？」溫茉茉低聲說，同時想起蘇玄雨把外套蓋在她肩膀上的情景，他是這麼凶惡的人嗎？

「聽說13K一開始只想單純把人趕走，然而堂主的兒子覺得丟面子，回頭又找了二十幾個人來圍事，這態度不就很明顯了嗎？於是兩邊當然打了起來。」羅琳羽壓低音量，「我爸甚至懷疑，說不定是他們自己人下的手。」

「啊？」溫茉茉睜大眼睛，「這樣嫁禍給13K不好吧？」

羅琳羽擺擺手，「沒什麼好不好，我們也不爽13K很久了。現在出了這件事，正好找到理由去整治13K，其他勢力也都是作壁上觀，樂見其成。」

「爲什麼你們都不喜歡13K？」溫茉茉說著，眼前宛如見到蘇玄雨被眾人排擠，臉上顯露落寞的神情。明明知道自己的想像很荒謬，可她還是莫名地感到心口發疼。

羅琳羽拿著吸管攪拌桌上的飲料，漫不經心地說：「13K的成員大多本來就隸屬某個幫派，照理來說，他們這樣已經算是脫離組織行事了，可是一開始各勢力都沒有阻止13K的壯大，到後來想阻止也找不到理由。」

「那不就代表你們已經同意了嗎？」

「這樣的話，這些人惹出來的事情算誰頭上，他們各自所屬的幫派還是13K？」

羅琳羽直勾勾地看著她，語氣是從未有過的嚴肅，「幫派其實沒有這麼難理解，我們都是普通人，只是遵循著特殊的規矩行事，而規矩不容破壞。」

溫茉茉呼出口長氣，「那……蘇玄雨現在在哪裡？」

羅琳羽搖搖頭，「不知道，聽說大家都在找他。」

「這件事與他有關嗎？」語畢，溫茉茉發現自己似乎問了句廢話，怎麼可能沒關係？

羅琳羽卻用一種很新奇的眼神看著她，「妳這問題還眞是問到關鍵。」

「什麼意思？」

「那天的鬥毆蘇玄雨並不在現場。」羅琳羽朝溫茉茉湊近了點，「我們還是很講義氣的，誰幹的找誰，一場混戰雖然很難確認誰是殺了堂主兒子的兇手，但肯定不會是不在現場的人。」

溫茉茉在心裡想，蘇玄雨不在現場又如何，難道不會是他下令殺的嗎？不過這番猜測對蘇玄雨不利，不管對或不對，她都不敢問出口，怕橫生枝節。

「既然他不在現場，你們找他幹麼？」

「才剛說妳問到關鍵，怎麼又問了個蠢問題。」羅琳羽翻了個白眼，「他是13K的老大，難道不用找他出來負責嗎？」

「喔……」溫茉茉眨了眨眼睛。

羅琳羽挑眉，「妳該不會知道蘇玄雨在哪裡吧？」

溫茉茉嚇了一跳，「怎麼可能？」

「妳不知道就好。」羅琳羽囑咐她，「妳要是有機會見到蘇玄雨，千萬不要靠他太近，會有危險。」

「是喔……」

羅琳羽見溫茉茉一臉半信半疑，又說：「13K惹過不少麻煩，那句話怎麼說的……冰凍三尺非一日之寒。各家針對13K也不是一時興起，新仇舊恨累積起來就變成這樣了。」

「我明白。」溫茉茉乖順地點點頭。

「那就好。」

「妳應該不會受到牽連吧？」溫茉茉關心地問。

羅琳羽擺擺手，「不會啊，一是我又沒眞的混黑道，二是這起命案又不關我家的事，再者我家本來就打算慢慢退出這個圈子，很多事能袖手旁觀就袖手旁觀。」

「喔，原來如此。」溫茉茉恍然大悟，又問：「對了，那妳妹最近還好嗎？既然妳家有意退圈，趁她年紀小，也好管管她了吧。」

「可能這學期就會把她送去日本念書了吧？」羅琳羽聳聳肩，「希望她去日本可以學乖一點。」

「那妳跟周詳偉呢？還好吧？」

羅琳羽冷笑，「別提他，原來他早就想分手，而且原因還眞的就是劈腿，只是劈腿的對象不是妳。」

溫茉茉有些尷尬，心想自己還眞會選話題，「沒想到是這麼回事啊。」

「老娘才不要這種渣男，起初我以為是我脾氣太差，還想著向他道歉呢。」羅琳羽重重哼了聲，「沒想到是他腳踏兩條船，既然如此，我也沒什麼好留戀的。」

「也好，」溫茉茉附和，「舊的不去新的不來？」

「我覺得我一點都沒有被安慰到。」羅琳羽趴在桌上，忽然又想起什麼，直起身子，「妳該不會喜歡蘇玄雨吧？」

溫茉茉搖搖頭，「我們才見了兩次面，怎麼談得上喜歡。」

說完，溫茉茉便陷入了沉默。

其實她還想問羅琳羽更多有關蘇玄雨的事，只是不知道該從何問起，而且羅琳羽對蘇玄雨存有既定印象，明顯不願多談。

溫茉茉不想死纏爛打追問，惹得羅琳羽不高興，也不想聽對方說蘇玄雨壞話，哪怕她可能說的也不是壞話，而是實話。

✦

今年冬天來得特別早，還沒十二月，天氣就冷了下來。

溫茉茉頂著寒風，快步走進急診室。

她放好個人物品之後就開始工作，沒一會兒護理長過來主持晨會，基本上就是針對實習護生給予提醒及告知注意事項。

比起在婦科病房，急診室幾乎沒有一刻清閒，所有人都神色匆忙，手上處理著各種大小事。

此外，在急診室裡做下的每個判斷都要快速且準確，經驗不足的實習護生多半無法做到。

溫茉茉已經算是上手較快的人了，可以獨立進行給藥和注射，不過還是有一些同學不習慣急診的快節奏，要進行醫療行爲時，學長姊必須跟在旁邊監督與指導。晨會還沒結束，救護車通報就進來了，病患在救護車上呼吸、心跳停止，要院方立刻準備。

接下來護理長也沒空理他們了，專心等著救護車。

不到三分鐘，載著病患的救護車到了，一群人圍上去，像溫茉茉這種實習護生，就自動退到外圍，務求不對醫生和學長姊造成干擾。

但今天早上不知道發生了什麼意外，接二連三有救護車進來，到了最後連實習護生都必須上場，就算單單只做CPR也行，至少還能幫上忙。

不到中午，溫茉茉就覺得自己今天的能量已經用完了，她好不容易才偷個空，靠在牆邊喝珍珠奶茶。

她總算知道，爲什麼急診室的學長姊們都寧可喝這個當午餐，因爲實在是太忙了。一個便當吃兩三口就要放下來，等到再回來座位時，飯菜可能早就涼了，還不如喝奶茶方便。

溫茉茉才剛剛放下杯子，就看見蘇玄雨扶著一個男人進來，坐在檢傷分類的位子上，那一瞬間她覺得自己的心跳一定高達一百三。

她裝作不經意地前去急診室外面看了看，沒見到疑似是黑幫人馬的影子，才又快步走到蘇玄雨身旁。

溫茉茉推來了血壓計，「你們誰要看診？」

她巧妙地用自己的身影擋住門口，即便她已經檢查過沒有窺伺的人，這麼做還是比較安心。

蘇玄雨抬起頭，看見是她，也愣了一瞬，他記得這張臉。

原來她是護理師，難怪在車禍現場會衝上去救人。曾經在他心裡的那一點點困惑終於被解開。

溫茉茉翻看蘇玄雨身旁男人的手環，「趙傑，你是趙傑嗎？」

半瞇著眼睛，滿臉是血，像是快要昏迷的男人點點頭，「不要問廢話好嗎？」

溫茉茉沒有解釋這是急診流程之一，爲了確認病患身分，以及其意識是不是還清醒。她把血壓測量帶纏在趙傑的手臂上，「我幫你測量血壓心跳。」

在測量的過程中，溫茉茉毫不掩飾地從頭到腳打量了蘇玄雨，確認他沒有受傷之後，懸著的心才放下——幸好不是他。

溫茉茉紀錄下趙傑的血壓和心跳數值，「你的傷口在頭上，頭髮可能要剃掉一部分，醫生才能縫合。」溫茉茉解釋，「你們先跟我來。」

在移動過程中，溫茉茉小聲地說：「你們等一下看完診來找我，我帶你們從垃圾場那邊的門出去。」

蘇玄雨頷首，略感意外地看著眼前的女人，「謝謝。」

溫茉茉帶著他們走到布簾後頭，蘇玄雨半攙半扛地把趙傑弄到布簾後的椅子上。

溫茉茉看著趙傑那些沾到血漬而黏在一起的頭髮，打開了剃刀的電源，「可能會有點痛，你忍耐一下。」

趙傑哼了一聲，算是應了。

剃刀運作的聲音低低地響起。

溫茉茉一邊小心翼翼幫趙傑剃頭髮，一邊說：「我知道你們發生了什麼，我問過認識的朋友，她說很多人想要找你。」

蘇玄雨冷笑，「我怎麼會不知道？」

溫茉茉眨眨眼睛，深吸了一口氣，「我不清楚你們應該怎麼辦，可是終究不能躲一輩子，不如……」

她話還沒說完，趙傑一下推開了她，「多管閒事！」

溫茉茉的腰際撞上一旁的推車，造成不小的動靜。她關閉剃刀，伸手揉了揉痛處，眉心微微蹙了起來。

蘇玄雨一看見她皺起的眉心，竟生出一種想要安慰她的心情。

「妳剛才想說什麼？」蘇玄雨壓抑住那種想法，語氣冷淡。

「我打電話給我朋友，問問她家的人，能不能出面當公親？」她試探地提出建議，「我也不確定她會不會答應……」

「不確定的事情妳還說？」趙傑忍著身體的疼痛，口氣很差地打斷溫茉茉。

他挨了幾棍子之後，腦子總暈呼呼的，這讓他耐性急速下降，也失去了原有的判斷能力。

「我知道那天你根本不在場。」溫茉茉吞吞吐吐地開口，「可是你一直躲，不就是變相承、承認與你有關係嗎……」

「妳朋友是誰？」

溫茉茉想了想，只說：「姓羅。」

蘇玄雨思索片刻，「妳可以打電話問問看。」

「好。」溫茉茉心底生出一點能幫上忙的雀躍，「我先、先把這個處理好，等一下就去問。」

蘇玄雨忽然開口囑咐，「趙傑，別動手動腳。」

趙傑雖然頭暈腦脹，還是能聽懂蘇玄雨的意思，「老大，我們現在回去，會沒命的。」

「我們這樣跑，也會沒命。」蘇玄雨看著對方頭髮下面露出來的那道傷，要不是趙傑閃得快，這一刀下去，他已經沒命了。

溫茉茉很快剃完頭髮，又把地板掃乾淨，就輪到他們看診了。

趁著這段空檔，溫茉茉拿出手機躲到樓梯間，打電話給羅琳羽。

電話那頭的羅琳羽一聽她說明原由，音調立刻拔高了八度，「溫茉茉妳瘋了嗎？妳怎麼把這顆燙手山芋扔到我手上啊！」

「我、我也沒辦法，我只認識妳啊。」溫茉茉可憐兮兮地拜託，「妳先別急著拒絕我嘛，妳問問看妳爸爸或是誰，這次妳家能不能出面當公親啊？」

「妳、妳！我現在就去問，妳不要再找別人了，也不要報警，我問完馬上打給妳。」羅琳羽說完馬上掛了電話。

溫茉茉原地等了兩、三分鐘，電話響了。

「我爸說要考慮一下，三十分鐘之後我再通知妳。」

「你們不會趁這半小時揪人過來堵蘇玄雨吧……」溫茉茉語氣有些訕訕的，「我可是把妳當朋友……」

「什麼狗屁朋友！」羅琳羽沒好氣，「我又不知道你們人在哪，怎麼堵他？」

溫茉茉一聽，忍不住笑了。

「也是喔……那最後行不行妳都給我一通電話。」溫茉茉溫聲細語地向羅琳羽說了再見。

一轉身，她就撞進了蘇玄雨的懷裡。

「妳爲什麼知道我的事情？又爲什麼特別關心？」蘇玄雨低著頭問她，「妳對每個人都這麼熱心？還是妳只對我特別重視？」

他很警戒，但溫茉茉並沒有察覺。

溫茉茉被他的體溫烘得臉都紅了，兩人靠得太近了，近得讓她有點無法呼吸。

她向後退了一步，沒想到蘇玄雨跟著往前走了一步，依舊牢牢地把他困在自己的臂彎之中，不讓她有機會迴避。

彷彿他們之間有一種吸引力，誰都不能離對方太遠。

溫茉茉沒有辦法逃脫，只能搖搖頭之後垂下腦袋，「你可能忘了，你曾經救過我。」

蘇玄雨聽見了她的答案，依然沒有挪動腳步，像是在等她的下文。

不出所料，蘇玄雨並不記得那點小事，所以溫茉茉向他說明了當天的情景。

經她這麼一說，蘇玄雨隱隱約約想起了那段經過。

「妳想要什麼？」蘇玄雨像是一隻充滿攻擊性的刺蝟，即便知道了溫茉茉的動機，也無法把渾身的防衛收起來。

溫茉茉又退了一步，吶吶地開口，「我沒有想要報酬，我只是想幫你……」

「這麼好心？妳不會偷偷叫人來抓我吧？」蘇玄雨湊在她面前問，「現在道上我的懸賞價格是多少？妳和羅家是五五分還是三七分？」

兩人的鼻息交織在一起，溫茉茉甚至可以聞到他身上淡淡的菸草味。

溫茉茉有些氣惱，不喜歡蘇玄雨把她想成眼中只有利益的的人，她帶著怒氣看向蘇玄雨，卻在他眼中瞧見了漫不經心。

是她太天眞了，她原以爲這麼做可以幫助蘇玄雨，當作回報，沒想到蘇玄雨根本就不相信她。其實這也很合理，畢竟蘇玄雨根本就不知道她是誰，而有著如此身分背景的人，又怎麼會輕易接受陌生人的好意？

溫茉茉著急，「我眞的沒有，我甚至沒有告訴別人我們人在哪！」

「是嗎？」

蘇玄雨又更進一步逼近她，見她脹紅的臉，表情慌張得像是要哭出來似的，他冷不防抬起手，手背從她臉頰滑過。

她皮膚很好、很細緻，在燈光下幾乎可以描繪出她臉上微血管的分布。

溫茉茉嚇得再退了一步，而這一步一腳踩空在階梯上。

「啊！」

蘇玄雨手臂收攏，將她固定在自己的懷裡。

即使天氣寒冷，他依舊只穿著薄襯衫，因此他的體溫源源不絕地透到溫茉茉身上。

可是此刻的溫茉茉感覺不到，她嚇得雙手用力抱住他的腰，眼睛緊緊閉著。

蘇玄雨居高臨下地看著在自己懷裡的溫茉茉，她長得非常好看，像是朵經不起風吹雨打的脆弱小花，讓人平白生出一股想要蹂躪與疼惜她的衝動。

蘇玄雨早就嘗過情愛的滋味，他很明白自己這種感覺意味著什麼。他只是很意外，這種時候他居然會產生這樣的心思，渴望觸碰她的溫暖。

手機震動的聲響猛然劃破這份寧靜。

溫茉茉恍若大夢初醒，差點就嚇得跳起來，是蘇玄雨把她往旁邊一推，才沒有再次踩空。

「喂、喂？」溫茉茉緊張地接通電話。

「我爸說要找蘇玄雨談。」羅琳羽也不客氣，開門見山地提出要求。

「好。」溫茉茉摀住收音孔，把手機遞給蘇玄雨，「他們說要直接跟你談。」

蘇玄雨嘴角勾了勾，接過手機。

溫茉茉想要離開樓梯間，她直覺認為接下來的對話內容，她不要知道比較好，況且，她也想要離蘇玄雨遠一點。

在他救了她之後，她就在腦海裡各種美化蘇玄雨，覺得蘇玄雨就是她想像中的那個人。

可是剛剛這麼一相處，她才發覺不是這樣的，蘇玄雨渾身上下透露出來的邪氣與凶惡，都不是她能夠理解的。

她原以為自己只要釋出善意，蘇玄雨就會接受，卻忘了蘇玄雨現在就算落難，他也曾經是13K的老大。

他是一頭黑豹，不是一隻寵物犬。

溫茉茉垂著頭，默默往旁邊走了幾步。

沒想到蘇玄雨一把將她拉了回去，將她困在他與牆壁之間。

溫茉茉雙手抵在他的胸前，試圖拉開兩人之間的距離，肢體接觸讓她覺得難為情，只是她一時之間也沒有更好的選擇，如果把雙手放下，反而更顯得任人魚肉了。

蘇玄雨和羅琳羽父親的對話，溫茉茉不想聽，她撇過頭默默地數著階梯，開始後悔自己為什麼這麼魯莽，她就應該乖乖聽羅琳羽的囑咐，不要介入這件事情。

假如可以再重來一次，她會不會做出一樣的選擇？

應該……會吧。

自己有機會幫助蘇玄雨，最終選擇袖手旁觀，她可能餘生都會良心不安。

「在想什麼？」

蘇玄雨的嗓音低沉而沙啞，惹得她忍不住抬頭看了一眼。

蘇玄雨凝視著她的眼眸，「不要用這種眼神看我。」

溫茉茉連忙把頭轉到一邊去，「對、對不起。」

他其實看得出來她沒有說謊，更沒有陷害他的意圖，可是她不明白道上的規矩，更不懂其中的人心險惡。

就算她和羅琳羽是朋友，那也不代表他去這一趟能安然無恙，羅家要是騙了她，她又能如何？

接下來這一趟是場賭博，他賭贏了，就能活著回來，賭輸了，那就再也見不到這個世界……還有這個女人。

蘇玄雨望著她的馬尾辮，忽然伸手用力地抱住她，此時他迫切地需要一點什麼來穩住自己的心，或是留下一點痕跡在這個世界上。

「爲什麼道歉？」蘇玄雨啞著嗓子問。

溫茉茉聽到他說話，又下意識地抬頭，「因——」她的後半句話全都落進了蘇玄雨的口中。

溫茉茉睜大了眼睛，而蘇玄雨長驅直入，強迫她與自己交纏在一起，他口腔裡有著苦澀又嗆辣的菸草味，而他的撩撥讓她雙腿發軟。

蘇玄雨扣緊了她的腰，讓兩人的身體密切地貼合，他能感覺到她玲瓏的身型，而溫茉茉也能感覺到他勃發的慾望。

溫茉茉紅著臉，試著推開他，但她的力氣只足夠將兩人拉開些許的距離，她依舊能感受到蘇玄雨身上的熱氣。

「為、為什麼……吻我？」溫茉茉氣息不穩。

蘇玄雨沒有解釋，逕自道：「醫生說，趙傑有腦震盪的跡象，要留院觀察。」

「啊？」溫茉茉愣愣地看著他，這跟他吻她有什麼關係？

蘇玄雨被她呆傻的表情逗笑，他用拇指輕輕摩娑溫茉茉的臉頰。她一雙眼睛水汪汪的，唇瓣鮮紅似玫瑰，蘇玄雨再度俯下身，在溫茉茉的唇上啄了一下。

「有空就幫我看著趙傑一點，沒空就算了，他想出院妳也別管，由他去。」蘇玄雨嗅了嗅溫茉茉髮絲的香味，他想叫她等他，可是終究沒有說出口，天知道他會不會回來。

「妳說的門在哪裡？我從那裡出去。」

「你、你現在就要走了嗎？」溫茉茉不明白為什麼自己被占了便宜，卻還是這麼關心他？她顯然應該搧他一巴掌，然後轉身就走。

蘇玄雨朝她勾了勾嘴角，「捨不得我啊？是因為我吻技太好嗎？還是因為我長得帥？」

溫茉茉抿起唇，不說話，指尖氣得微微顫抖，這人爲什麼要故意說這種話！

蘇玄雨見她似乎氣得不輕，忍不住伸手拍了拍她的腦袋，「走吧。」

溫茉茉面無表情地帶著他離開樓梯間。

蘇玄雨跟在她身後，注視著那條隨著她的步伐晃來晃去的馬尾辮，心裡想著：等我，如果我能回來，我再來找妳。

溫茉茉領著蘇玄雨進入垃圾場。醫院的垃圾分成醫療垃圾和一般垃圾，所以垃圾場的占地面積也比一般商辦大樓來得寬闊。

兩人在出口處等了一會兒，都沒見到巡邏的保全阿伯過來。

溫茉茉滿腦子都是剛剛那個吻，同時又因爲蘇玄雨所說的話而感到氣憤。他是不是把自己當成了可以隨意玩弄的對象？

「妳怎麼知道這個出口，你們一般也不會過來這裡吧？」蘇玄雨靠在牆上，不知道從哪裡摸出了一根菸，「不介意吧？」

溫茉茉搖搖頭，盯著地上的石塊說：「我剛來醫院的那陣子，曾經不小心迷路走到這裡。」

「妳不敢看我啊？」

溫茉茉立刻抬起頭，「我有什麼好不敢看的？」

蘇玄雨唇角掛著一抹得逞的笑意。

「妳在醫院迷路？」蘇玄雨疑惑道：「妳不是護理師嗎？」

「這兩者沒有關係吧，醫生也可能方向感很差，而且在建築物裡面本來就很難辨別方向……」溫茉茉心虛地頓了頓，又道：「然後我不是護理師，我是護生。」

「有什麼差別？」

「我還沒畢業，還沒考到護理師的證照，只能稱作護生。」溫茉茉解釋。

蘇玄雨緩緩吐出一口煙，「看來你們護理師的世界，也一樣是弱肉強食啊。」

溫茉茉不知道他怎麼得出這個結論的，卻也沒有反駁。

「妳說妳還沒畢業，那妳念哪間大學？」

「華德。」

「原來妳還是我學妹。」蘇玄雨把抽完的菸蒂扔到地上，用腳碾熄。

溫茉茉驚訝地眨了眨眼，「原來你……有念大學？」

蘇玄雨被她那副表情逗樂，「妳是不是以爲我們這種混道上的都不讀書？」

溫茉茉臉色微赧，她的確有這刻板印象。

「也不怪妳，我的那些兄弟確實九成都沒有考大學，有的甚至連高中都沒畢業。」

「那你……讀什麼系？」溫茉茉問。

「財金。」蘇玄雨朝她挑了挑眉，「是不是更意外？」

溫茉茉點點頭，華德財金系的錄取分數雖然比不上一流的國立大學，但也不是隨隨便便就能考上。當初她也曾考慮過念商學院，想著畢業後比較好找工作，不過最終還是因爲母親的病，決定念護理系。

她本來以爲蘇玄雨可能就是念那種錄取分數比較低的科系，沒想到居然是財金系。

「溫小姐，妳又迷路了喔？」保全阿伯遠遠地喊，語氣熟稔。

「又？」蘇玄雨忍不住發笑。

溫茉茉臉上漸漸地又紅了，她轉過頭沒理會蘇玄雨的調侃，舉起手朝保全阿伯打了招呼，接著保全阿伯開了小門讓他們出去，像是對這場景見怪不怪。

門一開，外頭就是小巷子。說小其實也不對，那寬度至少可以容納一臺垃圾車。

「我就送你到這裡……」溫茉茉指了個方向，「從那裡出去，就是……」

她的話還沒說完，蘇玄雨就把她擁入懷中。

剛剛蘇玄雨抽了菸，身上混合著那股菸草味，成了一種專屬蘇玄雨的氣味。

他抱得特別用力，簡直要把她揉進自己的身體裡面，宛如一場無聲的告別。

溫茉茉雖有些驚訝，但終究沒有推開他。她不曉得蘇玄雨爲什麼吻她，又爲什麼抱她，可是她可以感覺到從他身上傳來的惶然，哪怕這個詞跟他一點也不搭。

「保重。」溫茉茉拍拍他的背，她不希望他出事。

蘇玄雨鬆開她，「我會的。」

他不再留戀，轉身就走，身影很快消失在巷子口。

溫茉茉心中悵然，卻不明白這種情緒從何而來，難道她喜歡蘇玄雨？可是她只見過他三次。

如果不喜歡，那她怎麼解釋自己劇烈的心跳？

她甩甩頭，不願意再想這件事情。

溫茉茉回到急診室，看了一眼趙傑，他還在睡，只是眉心一直緊皺著，大概是逃亡的生活讓他連在睡夢中也不得安寧。

溫茉茉轉身投入工作，今天的急診室忙得像是有人一口氣偷吃了十盒鳳梨酥和芒果乾一樣，旺到不行、忙到想吐，等到她再次想起趙傑的時候，他已經偷偷溜走了。

溫茉茉也沒辦法，急診室裡多的是這種覺得自己沒事了就偷溜的人。

趙傑當初留的電話和地址，肯定也都是假的，急診人員早就見怪不怪，直接把床單和枕頭套都拆了扔進待洗區。

到了晚上，溫茉茉結束打工，回到家躺在床上，想著蘇玄雨離開時的畫面。

她印象很深刻，明明是大中午，天色卻灰濛濛的，像是空氣中布滿了灰塵，視線所及之處都像是覆上了一層黯淡的薄紗。

她眨了眨眼，在黑暗中朝天花板伸直了手，彷彿這樣就能觸摸到蘇玄雨。

✦

又過了幾天，溫茉茉約羅琳羽週末出來吃飯。

「妳每次找我都沒好事。」羅琳羽坐在她對面，「說吧，這次又是什麼情況？」

溫茉茉失笑，「沒有，我就是覺得前陣子挺麻煩妳的，所以想請妳吃飯，表達感謝。」

「然後順便打聽一下蘇玄雨的消息？」羅琳羽斜眼看她，「妳這算盤打得也太好了吧？」

溫茉茉表情眞誠，「我是單純想請妳吃飯。」

羅琳羽一臉「妳再繼續裝啊」的表情，拿起菜單仔細看著，「既然妳要請客，那我就不客氣了。」

「好。」

溫茉茉其實滿喜歡羅琳羽的，雖然一開始聽到她黑二代的身分時怕得不行，後來相處久了，發現這人很仗義，只是偶爾講話直了點，是個刀子嘴豆腐心的好人。

羅琳羽是眞的沒在客氣，點了上好的牛排餐，還加點了飲料。

等待上菜的期間，她見溫茉茉確實沒有要打探的意思，反倒有點克制不住。

「妳不想知道？」羅琳羽挑眉，「妳之前還特地問我有關蘇玄雨的事情，怎麼這次隻字不提了？」

溫茉茉忽然想起了那天的吻和擁抱，她其實不是不想知道更多蘇玄雨的事情，可是她害怕了。

蘇玄雨的世界，她只要一腳踩進去，也許就回不了頭。

「我覺得我和他不是同個世界的人。」溫茉茉低下頭，「他的事情我還是不要管比較好。」

羅琳羽睜大眼睛，「妳怎麼忽然覺悟了？」

溫茉茉不想對其他人訴說她和蘇玄雨之間的種種，於是道：「當初妳不就是這樣告訴我的嗎？」

羅琳羽翻了個白眼，「我怎麼說妳就怎麼做？妳是寵物嗎？」

溫茉茉莞爾，「照妳的話做不行，不照妳的話做也不行，妳好難搞。」

羅琳羽被她堵得啞口無言，氣悶地喝了一口水，安靜三秒鐘後，大爆發地罵：「我眞受不了你們這種人，想知道就問啊，害我這種得知內情的人根本憋不住！」

「妳是想跟我分享，才答應赴約的嗎？」

「對啊！不然呢？」羅琳羽瞪她，「妳這什麼表情啊！」

「那妳也滿能忍的，倘若沒有這場邀約妳要怎麼辦？」溫茉茉忍不住提問。

「我知道妳一定會開口，妳這種人我很懂啦。」羅琳羽撇了撇嘴，「你們都有一種不肯欠人情的病，不然妳根本不會打電話要我幫蘇玄雨，而妳既然已經麻煩我了，妳後續一定會想辦法還我人情，最差也是請我吃飯。」

溫茉茉愣了幾秒，頭一次有種被人看穿的感覺。

第四章

轉眼就到了聖誕節，十二月過完，溫茉茉這學期的實習也結束了。

距離寒假只剩兩週，扣掉幾門還要回學校上的課，基本上大部分的時間都空了下來。溫茉茉剛好可以開始著手進行一點進度都沒有的實習心得，還有那門該死的全校性必選修。

她眞心不懂，爲什麼畢業前一定要上這種簡直雞肋的課，難道是嫌她不夠忙嗎？溫茉茉坐在教室裡，聽著臺上的教授滔滔不絕講述著巴洛克藝術和洛可可藝術的差異，以及其對後世造成的影響。

說實話，溫茉茉對藝術一點興趣都沒有，當初選這堂課，只是因爲學長姊說美學導讀很好過，她又剛好有空堂，不然她其實更有興趣選一些商業相關的課。

不知怎麼地，溫茉茉想起了蘇玄雨，距離上次在急診室見到他，已經過去將近一個半月了，也不知道他的事情解決得怎麼樣。

她在講義的空白處寫了好幾遍蘇玄雨的名字。

羅琳羽後來跟她說了很多，但她至今仍搞不太清楚那個世界究竟是如何運作的，所以她只確認了蘇玄雨的安危——他性命無恙。

羅琳羽白了她一眼，「妳這是不相信我家可以讓蘇玄雨安安穩穩從麻煩裡抽身？」

溫茉茉知道自己失言，連連道歉。

羅琳羽鬼鬼祟祟地壓低了音量說：「不過這次我家還真得感謝妳。」

溫茉茉一頭霧水地看著她。

「原本道上有兩票人馬都要抓蘇玄雨，一票當然是那個死了兒子的，另一票居然是一位大老。」

見溫茉茉沒什麼反應，羅琳羽嘖了一聲。

「假設那位大老是這個，」她豎起大拇指搖了搖，「那全盛期的我家大概是這個。」她豎起中指，想了一想，又改成無名指。

溫茉茉被她逗笑，「到底是中指還是無名指？」

「隨便啦，大概是兩者之間吧。」羅琳羽擺擺手，「我們都不知道蘇玄雨居然跟那位大老有關係，幸好我家從來沒找過蘇玄雨麻煩。」

「照妳這麼說，那個死了兒子的老大怎麼敢出手？」

「人家可是死了兒子。」羅琳羽睜大眼睛，「這口氣怎麼嚥得下，而且他們發布懸賞在先，大老前兩天才出面，誰也料不到蘇玄雨還有這座靠山。」

溫茉茉安靜地聽著。

「蘇玄雨到我家之後，我們就聯絡那位大老，過沒多久，蘇玄雨就走了。」羅琳羽喝了一大口飲料，「我家也算是無意間賣了個人情給他，如此一來我爸要金盆洗手就不算難事。」

溫茉茉點點頭，想了解的東西還很多，可是她現在已經不想再多問什麼了。

「那就好，希望他平平安安的。」

羅琳羽往椅背上一靠，「在那個世界過日子的人，哪有平平安安這個選項，妳知道趙傑吧？他可是少了兩根手指。」

「為、為什麼？」溫茉茉睜大了眼睛，自己親手安置過的病人，再次聽到他的消息，怎麼就少了兩隻手指。

「那天是趙傑下的命令，他只付出兩根手指的代價，已經很賺了。」羅琳羽撇撇嘴，「妳別露出那種表情，黑道跟一般人的世界本來就是天壤之別，不然我爸為什麼想要金盆洗手？為什麼不讓我們姊妹繼承家業？」

語畢，她忽然笑了起來，「還是那句老話啊，人在江湖走，哪能不挨刀？」

溫茉茉頭一次如此靠近那個刀光劍影、槍砲彈藥的世界，一瞬間有點回不了神。之後她都頗為心不在焉，一下子想起蘇玄雨，一下子又想起趙傑，還時不時想起蘇玄雨的吻。

羅琳羽見她狀態不好，那天的約會就草草結束了。

「今天的課就上到這裡，下星期五午夜十二點之前，把期末報告寄到我的信箱，期末考週你們就不用來了。」大概因為是選修課，教授的心態也比較輕鬆。「祝你們期末考順利。」

教授剛剛說完，下課的鐘聲就響了，教室瞬間喧嘩起來，三五成群的人閒談著。

溫茉茉收拾桌面，慢步離開教室。

她已經安排好自己接下來的行程，先去圖書館查資料和期刊，明天把美學導讀的報告內容整理出來，到了下週，她就可以將心思全放在實習心得上。

聽學長姊說，他們的實習心得看起來好寫，實則異常難得到高分，雖然實習課打分不至於給他們不及格的成績，但溫茉茉不想因此隨意交差了事。

也許是因爲家裡有病人的關係，比起同屆的同學，溫茉茉對這份工作很早就非常有想法。

她認爲這是要救人的職業，半點都不能輕視。系上有些人只是分數正好達標而隨便選了護理系，實際上根本不知道自己未來要幹麼，她正好相反，她清楚自己的目標，所以在本科專業上，溫茉茉對自己的要求分外嚴格。

到了圖書館，大概是因爲期末考將近，大部分的位子都坐了人，溫茉茉繞了幾圈才找到空位放下包包。

美學導讀的期末報告，她已經想好自己要做的是「洛可可時期的女性服裝特色」，她一直覺得這個風格的衣服實在太美了，於是毫不遲疑地選了這個題目。

幸好相關的參考書籍與文獻非常多，光是整理這些資料的內容，就足以應付三千字的期末報告。

溫茉茉在圖書館忙了一整個下午，直到夕陽西下，才被強烈的飢餓感逼得不得不收拾東西，準備到外面覓食。

她將能借出館的書疊成一落，不能借出館的拿去複印與掃描。等她抱著一堆書和資料踏出圖書館大門的時候，天已經全黑了。

寒風吹來，她縮了縮肩膀。

「怕冷的話，怎麼不多穿一點？」

溫茉茉驚訝地回頭，不可思議地看著眼前的蘇玄雨，圖書館的燈光在他背後閃亮亮的，她有很多話想說，但首先問出口的卻是：「後面沒跟人吧？」

「沒有。」蘇玄雨莞爾，「有人跟蹤，我就不會來找妳了。」

溫茉茉這才放下警戒，儘管早就知道蘇玄雨平安，如今親眼見到人了，才總算是真正安心。

「那……你沒事吧？」

蘇玄雨把一雙手從口袋裡拿出來，在她面前晃了晃。

溫茉茉檢查了他的手，確定十根手指頭都還在，才釋然地點點頭，「沒事就好。」

蘇玄雨唇邊含笑地看著她。

溫茉茉被他看得有點不好意思，「你是特地來找我的嗎？你怎麼知道我在圖書館？」

「我看著妳進去的。」蘇玄雨答。

溫茉茉睜大雙眼，「那你怎麼不叫我？」

「我本來以為妳只是去借幾本書，沒想到妳待了一整個下午。」

「所以你就等了這麼久嗎？」溫茉茉難以置信，「你可以進來找我啊。」

蘇玄雨雙手一攤，「我沒有學生證。」

「對喔……」溫茉茉後知後覺才想到這點。

蘇玄雨沒告訴她，如果他鐵了心要進去，有的是辦法，學生證根本不是問題。

「我來是要請妳吃飯的。」蘇玄雨看著她。

溫茉茉有點抱歉，「可是我等一下有打工……」

「幾點？」

「六點半之前要到。」溫茉茉補充，「在捷運站附近。」

蘇玄雨低頭看了看手錶，已經五點半了，確實沒有太多時間。

溫茉茉內心莫名生出些歉意，「還是明天吧？我明天中午有空，不必請我，我自己付錢。」

蘇玄雨對後半句話沒有什麼反應，「妳今天不打算吃晚餐？」

「我習慣下班之後再吃。」

兩人邊走邊聊，約了明天中午一起吃飯，而生活簡單的溫茉茉，三言兩語就被蘇玄雨摸清楚平常的活動軌跡。

走到了岔路口，溫茉茉停下腳步，「我要搭校車。」

蘇玄雨雙手插在口袋裡，「我開車來的，我送妳吧？妳的書這麼多。」

溫茉茉搖著頭拒絕，「不用了。」

蘇玄雨沒有錯過她眼中的防備，他最後只是掏出手機，「那我們互相加個LINE。」

兩人換好了聯絡方式，溫茉茉朝他笑了一下，「那我走了，你路上小心。」

蘇玄雨一語不發地朝她點了下頭，看著她走入排隊等車的人潮中。

✦

隔天，天還沒亮，溫茉茉就醒了，整個晚上她都翻來覆去，睡不安寢，閉上眼睛就想起蘇玄雨。

跟蘇玄雨一起吃飯這件事情給她莫大的壓力，她的人生中從來沒有遇過像他這樣……一言不合就吻她的人。

溫茉茉至今還記得他身上的菸草味，但她並不厭惡、嫌棄，那對她而言更像是一種誘惑。

她明知道對方很危險不能靠近，最終還是無法拒絕，表面上壓抑著自己，腦中卻總是反覆回想著她與蘇玄雨之間的一切，如今想起昨天在圖書館外見到蘇玄雨的瞬間，她還是會心跳不已。

溫茉茉先是被他突如其來的出現打亂心思，接著兩人就像是久別重逢的朋友一樣寒暄聊天，彷彿前陣子的風波不存在。

回到家後溫茉茉才發現其中的問題，蘇玄雨爲何這麼快就能出來亂晃了？她以爲至少暫時得避避風頭……

理智上她應該要想盡辦法遠離蘇玄雨，拒絕他的邀約，避免沾染上其他麻煩，然而感情上她常常不由自主地做出各種意料之外的決定。

她坐在床上發了好一陣子的呆，才慢慢起身替自己弄了早餐。

溫茉茉坐在客廳裡，看著電視，心思卻完全沒放在新聞上，反而不斷地想著這場午餐約會。她不太清楚蘇玄雨爲什麼堅持請她吃飯，此外她心裡還有很多其他疑問，種種無法確定的因素，導致她異常焦慮。

溫茉茉把所有衣服從衣櫃裡翻出來，最後不得不承認，她並沒有適合穿去約會的衣服。她既沒有漂亮的裙子，也沒有精緻的洋裝，她的衣櫃裡只有清一色的T恤和幾件替換的牛仔褲。

溫茉茉嘆了口氣，心想這樣也好，她不需要苦惱自己的打扮，因爲根本就沒有其他選擇。

她最終挑了一件看起來比較襯膚色的粉紅色大學T，只希望不要太難堪。

決定好服裝後，溫茉茉坐到電腦前，開始整理昨天已經打好架構的美學導讀期末報告。隨然尚未完稿，可是時間已經差不多了，溫茉茉按下存檔，關了電腦，打算回來再繼續完成報告。

她換好衣服，背上已經用到邊角有點脫皮的包，出發前往約定地點。

兩人約在捷運站附近的一家超商門口，溫茉茉到達時，蘇玄雨已經在車裡等她了。

他降下車窗，意興闌珊地朝她搖搖手。

溫茉茉小跑步過去，正準備拉開車門，就聽見有人喊她的名字。

「茉茉，妳要出門啊？」張伯均提著賣場的袋子，從馬路另一頭走過來。

溫茉茉頓時有些尷尬，像是自己刻意隱瞞的祕密被人撞見般，於是她故做大方地說：「我跟我朋友要去吃飯。」

蘇玄雨突然從車子裡走了出來，大約是習慣使然，他依舊只穿著一件黑色的薄襯衫和黑長褲。

蘇玄雨渾身散發著非善類的氣質，相比之下，張伯均就像是一隻純良的小白兔。

溫茉茉有哪些朋友，張伯均都很清楚，但從來沒聽過或是見過她還有一個……充滿戾氣的朋友。

張伯均緊張地瞪著蘇玄雨。

蘇玄雨倒是滿不在乎地靠在車門上，對著溫茉茉低聲問：「妳朋友？」

溫茉茉抬頭看了他一眼，「我鄰居，也是朋友，張伯均。」

兩人站得很近，這情景看起來像是情侶在耳鬢廝磨。

張伯均的眼睛一下子被刺痛了，他從沒想過溫茉茉身邊會出現一個有著「男朋友」身分的人。

她們家問題這麼多……這男的知道嗎？

溫茉茉走到張伯均面前，看了看他手中的袋子，「你要回家吃午飯吧？阿姨今天又做什麼好吃的？」

張伯均手指動了動，「牛肉麵而已。晚上我送一點過去，妳幾點在家？」

蘇玄雨挑挑眉，聽著張伯均拐著彎打聽溫茉茉的行蹤，立刻就明白了張伯均對溫茉茉有著超越友誼的想法，當然，有可能他自己並沒有察覺到，而是莫名的占有欲使然。

溫茉茉看起來確實就是一副需要人保護的模樣，不過他知道那只是假象，她並不像她的外表一樣柔弱。溫茉茉的性格肯定屬於堅韌隱忍型，否則在急診室的時候，她不會這麼冷靜地聯絡羅家。

他不覺得張伯均有多了解溫茉茉的內在本質。

溫茉茉回頭看站在車邊的男人，「我們今天幾點結束？」

蘇玄雨勾起嘴角笑了笑，「大約八、九點。」

溫茉茉和張伯均都愣住了，現在才中午十一點多，要到晚上八、九點，那豈不是將近十個小時。

張伯均腦海裡的警鈴大作，他很想叫溫茉茉不要去，可是他有什麼立場？

溫茉茉也挺訝異蘇玄雨的回答，她以為兩人就是去吃個飯，不會太久。

她走回蘇玄雨身旁，「為什麼這麼久啊？」

「妳不想跟我待久一點？」

這句話撩得溫茉茉臉上瞬間紅了一片，好幾秒鐘之後，她才開口：「不是就吃頓午餐嗎？」

「先吃午餐，然後陪我逛逛街，看個電影，最後再吃晚餐。」蘇玄雨本來也沒打算進行這些行程，只是見到了張伯均後，他忍不住想要惡作劇。

自從13K出事之後，他整日都在逃亡中度過，哪裡還會有這些閒情逸致。

「妳去向妳朋友說一下吧，我們差不多要出發了。」蘇玄雨故做輕鬆地說。

溫茉茉點點頭，走到張伯均身旁，她看出張伯均對蘇玄雨有股異樣的敵意，三人都碰頭一陣子了，他也不曾往蘇玄雨這邊靠近一步，兩人中間起碼隔著幾公尺的距離。

「那我先走了。」

張伯均伸手握住了溫茉茉的手肘，「妳一定要去？」

溫茉茉一頭霧水，「已經約好了啊。」

「那個人看起來很危險……」張伯均又把溫茉茉往自己的方向扯了扯，「而且妳居然沒告訴我，妳有這種朋友。」

溫茉茉有些抱歉，畢竟從小到大，她與張伯均之間沒有什麼祕密，蘇玄雨算是頭一遭。

「因緣際會認識的。」溫茉茉簡單地帶過，「反正你現在也知道了。」

「那不一樣！」張伯均咬著牙。

溫茉茉不明白他現在在鬧什麼脾氣，一時之間也很頭疼。

蘇玄雨走了過來，單手攬住溫茉茉的肩頭，一句廢話也不說，「走吧。」

溫茉茉傻了幾秒，張伯均也沒反應過來。

等到張伯均回神，蘇玄雨的車子已經揚長而去了。

溫茉茉坐在副駕駛座，仍處於茫然狀態。

「在想什麼？」

「被霸凌過的人，是不是都有這種後遺症？」溫茉茉脫口而出。

「什麼後遺症？」

溫茉茉沒有回應，只懊惱地瞪著窗外，她不想讓蘇玄雨知道她曾經被霸凌過。

「什麼後遺症？」蘇玄雨顯然沒有打算放過這個問題。

溫茉茉掙扎了幾秒，最後還是小聲地說：「就是只要行爲沒有太過分的話，吃點小虧就算了。」

蘇玄雨一下子就明白溫茉茉的意思，對她來說，剛剛他攬住她的肩膀，只是吃點小虧，那天的吻……也一樣嗎？

不知爲何，這個認知讓蘇玄雨不太爽快，在她心裡，他難道就是個吃點小虧沒關係的對象？

車裡的氣氛一下子就僵了。

溫茉茉受不了這樣的氛圍，把車窗往下降了一些。

絲絲冷風混雜著路上車子的排氣味傳了進來，讓蘇玄雨轉頭瞥了她一眼。

這個女人跟他之前相處過的不一樣，他在心裡對自己說。但越是這麼想，他越是有點拿捏不准自己應該怎麼做，甚至開始懷疑自己來找她吃飯的動機。

本來只想著溫茉茉對他有恩，請她吃一頓飯、替她撐撐腰作爲回報。他並沒有打算爲了那個吻負責，或者說，一個吻而已，要負什麼責任？

不過今天見到她之後，情況卻變得有點複雜，雖然大部分都和他設想的差不多，可是隱隱約約有些不同。

趁著停紅燈的空檔，他點燃了香菸。

菸味把溫茉茉的注意力吸引回來，車裡仍舊一片安靜。

她想了想開口打破這片沉默：「你爲什麼要請我吃飯？13K的事情都處理好了嗎？」

「請妳吃飯，算是感謝妳的幫忙。」蘇玄雨只回答了第一個問題。

溫茉茉摸摸鼻子，覺得自己滿白目的，他肯定不願意在這種關頭提起13K。

「我幫你是因爲你幫過我，其他人我肯定不會幫，所以你也不用把我的報答看得太重要。」

「我不欠人情。」蘇玄雨轉著方向盤，突地換了個話題，「張伯均是妳男朋友？」

「不是。」溫茉茉立刻否認，「我們只是從小一起長大。」

「喔，青梅竹馬。」蘇玄雨下了一個曖昧的註解。

車內迎來第二次的寂靜。

溫茉茉覺得不太自在，隨手拉了拉自己的衣服，假意整理。

「13K，就這樣完了吧。」蘇玄雨再度開口，話裡聽不出什麼情緒，「本來也沒想到13K會變成這麼大的組織，現在既然出事了，散了也就算了。」

溫茉茉轉過頭看著他，不太確定他說的是眞話還是假話，就算他對13K再怎麼沒有感情，畢竟是自己一手創立起來的，能夠這麼輕鬆地說放就放嗎？

還是他現在說的話，只在在說服自己而已？

「那……之後呢？」溫茉茉問，「你想要幹麼？」

蘇玄雨勾起嘴角，手指敲了敲方向盤，「把這車賣了換成現金，像個落難的老大，到鄉下去，看能做點什麼事吧？」

溫茉茉看了車子方向盤上的LOGO一眼，這品牌應該可以換不少錢吧。

她在腦海裡勾勒蘇玄雨所說的場景，好半晌才又開口，「我一直以爲那是老了之後的退休生活……」

「人沒有目標與方向，跟死了沒兩樣，這和年齡無關吧。」儘管他想裝得雲淡風輕，但話裡還是充斥著無法釋懷的情緒。

「不然，從找個新工作開始？」溫茉茉提議，「我打工的麵包店缺早班人員，你要不要來試試？」

蘇玄雨像是聽了什麼笑話一樣，「我倒沒有缺錢到這種程度。」

「也不是缺錢，就是找點事做。」溫茉茉面紅耳赤。

「再說吧，我這輩子還沒幹過服務業。」

溫茉茉聽出他的拒絕之意，也對，人家曾經是某個黑幫的老大，怎麼會願意做這種事情？

溫茉茉因為自己鬧了個笑話而覺得分外窘迫。

蘇玄雨面無表情地把車子開進餐廳附設的停車場。

「我有我的專長。」

什麼專長？打架圍事嗎？

「你要回去繼續……當兄弟嗎？」這是溫茉茉能想到最委婉的詞彙了。

蘇玄雨熄了車子引擎，「不好嗎？」

溫茉茉有點急，「不是不好，就是你剛剛才……現在又沒有了13K，怎麼說也應該先避避風頭吧？」

「所以我應該去麵包店打工？」

「不一定得是麵包店啊。」溫茉茉連忙解釋，「還有很多正常的工作吧……」

「那些工作能賺很多錢嗎？」蘇玄雨用手指輕撫著方向盤，上頭的LOGO隱隱反射著光。

溫茉茉頓時啞口無言，確實，如果是打工的話，可能一輩子都買不起這種車。

「下車吧。」蘇玄雨率先打開車門。

兩人一前一後進入一家沒有菜單的日本料理店。

哪怕溫茉茉從來沒有來過這種地方，也曾經在網路上看過相關資訊，無菜單的店花費總是很高昂。

侍者把他們引至包廂裡，溫茉茉等到侍者離開之後，扯著蘇玄雨的衣袖，「會不會太貴了？」

「如果不是妳，我恐怕沒辦法那麼快平安抽身，這算是我的一點心意，妳不用緊張。」蘇玄雨又一挑眉，「還是妳不喜歡吃日料？」

溫茉茉揪著包包上的繩子，「那倒不是，我只是想到你都要賣車換現金了，是不是應該當省則省？」

蘇玄雨不客氣地笑起來，「我就算是要賣車換現金，吃一頓飯的錢也還是有的。」

「喔……」溫茉茉乖乖地坐到位置上。

蘇玄雨看了一會兒手機，期間都沒聽見溫茉茉說話，不由得抬頭望向她。

溫茉茉正拿著手機拍桌上的杯子。

「杯子有什麼好拍的？」

溫茉茉笑了下，「說不定我這輩子都不可能再來這種地方了，留點紀念。」

「妳以後想吃，打電話給我，我可以帶妳來。」蘇玄雨沒當一回事，「這裡雖然比較難預約，但也不是約不到。」

溫茉茉連連擺手，「不是，來了我也吃不起。」根本就不是預約不預約的問題啊！

蘇玄雨一臉不解，「我從沒讓跟我一起出來的女人花過錢。」

溫茉茉睜大眼睛，「我們非親非故，怎麼好意思花你的錢？」

「妳救過我。」蘇玄雨不喜歡她一副要撇清關係的樣子，「這樣還不夠？」

「今天沒關係……」溫茉茉皮膚薄，稍微有點什麼情緒，一下就臉紅，「以後不行。」

她和蘇玄雨還有什麼以後？說不定這次就是最後一次的見面，之後他走他的陽關道，她過她的獨木橋，他們兩人根本就不應該出現交集。

侍者依序上了菜，滿滿當當擺了一桌子。

「以後為什麼不行？」蘇玄雨追問。

「我覺得我們不是同個世界的人。」溫茉茉抬頭來了這一句，「你開的車、吃的餐廳、穿的衣服、去的地方，都是我這輩子沒想過，也不敢奢望的。」

蘇玄雨挑眉，「所以呢？」

「我覺得當朋友，還是要平等一點才好，總是你花錢我享受，這種友情走不了多遠，我也沒辦法接受。」溫茉茉說完這句話，覺得自己心裡酸酸的。

「像妳青梅竹馬那樣的才能當妳朋友？」蘇玄雨語氣裡頭有著說不清的嘲諷。「溫茉茉，妳是不是把自己看得太高尚了？妳交個朋友還挑人家的收入和穿著？非得跟妳一樣平平凡凡才有資格當朋友，穿貴一點的牌子，或是吃高級餐廳，妳就覺得彼此不是同個階層，妳這是自大還是自卑？」

溫茉茉表情錯愕，「不是，我不是那個意思……」

「妳就是那個意思。」蘇玄雨夾了一塊生魚片放進溫茉茉的盤子裡，面色不善地道：「吃吧，吃完我送妳回家。」

溫茉茉眼看空氣如此凝滯，便開始在心中自我檢討，她雖然不太擅長與人交際，但也是頭一次把氣氛搞砸得如此徹底。

只是她每次看見蘇玄雨，心裡總有一道聲音：你們不是同個世界的人。

久而久之，她就被洗腦了，於是對著蘇玄雨也這麼說。

「對不起。」溫茉茉道歉。

蘇玄雨沒搭理她。

溫茉茉抬眼覷了覷他，見他依舊面無表情，於是又道：「我國中的時候，我爸就過世了，我媽一個人扶養我，家裡經濟不太好，一塊錢要當成兩塊錢用，今天晚上吃得多一點，明天晚上就得吃少一點。」

溫茉茉低著頭，看著一桌的菜肴，「可能……你說得對，我是自卑，我不敢靠近你們這種人。」

「哪種？」

「有錢人。」溫茉茉勾了勾嘴角，卻不像是在笑，「我怕靠得太近，就襯托出我的貧窮。」

「有錢就這麼好？」蘇玄雨反問。

「至少……比沒錢好吧？」

「確實。」蘇玄雨同意，又夾了一塊玉子燒給溫茉茉，「吃吧，這是妳做好事的回報。」

溫茉茉夾起玉子燒，放進嘴裡嚼了嚼，「我能不能問你一個問題？」

「問吧。」蘇玄雨好整以暇地喝了口茶。

他想喝酒，可是溫茉茉看起來就不會開車的樣子，他現在酒駕被抓，大概不能像以前一樣輕易解決。

蘇玄雨分心想著，忍下了喝酒的欲望。

「那天晚上，你爲什麼要救我？」

「啊？」蘇玄雨愣了好一陣，而後漫不經心地回答：「那天我心情好。」

「是嗎？」溫茉茉凝視著他，像是在確認這句話的眞僞。

蘇玄雨見她這副表情，忍不住多說了點，「我剛好經過，見她們幾個人揍妳一個，覺得挺沒勁的。」他頓了頓，「而且還都是女的。」

溫茉茉啞然，「男的……就無所謂？」

「男的就自己想辦法抵抗啊。」蘇玄雨理所當然地說。

「雙拳難敵四手，一個人也沒辦法吧？」

蘇玄雨忽然往溫茉茉的方向靠了過去，「即便雙拳難敵四手，但是一個人好不好欺負還是看得出來的。都已經知道自己要被打，還不懂反抗，甚至也不會逃跑，那被打死算了。」他的眼神暗了暗，「要是我被對方抓住了，如果我能打贏對方，那我肯定是往死裡打，不留下任何反擊的機會；如果我打不贏對方，那我也會想辦法逃跑，不給對方任何攻擊我的機會，反正沒被打死就算我贏。」

溫茉茉瞠目結舌地聽著蘇玄雨的分享，「這是你的黑幫經驗談嗎？」

蘇玄雨再喝了口茶，「可以這麼說吧。」

「假設在這件事情中，你根本沒錯呢？」溫茉茉又問。

「君子報仇三年……十年都嫌不晚。」蘇玄雨唇邊彎起一抹弧度，「妳知道爲什麼古代都是後面的朝代修前朝歷史的史書嗎？」

「因爲蓋棺論定？」

「不，因爲贏的人才有資格說話。」蘇玄雨語氣嘲諷，「當下的勝負都不算什麼，最後留下的才是眞正的贏家。」

溫茉茉想了片刻，搖搖頭，「你的世界我不懂。」

「是嗎？」蘇玄雨沒有爭辯，倒是起了另個話頭：「羅琳羽向我提過妳。」

溫茉茉覺得有點有趣，「羅琳羽怎麼說我的？」

「說妳很有種，她妹找人揍妳，回頭妳居然找她告狀，妳怎麼就沒想過她會再妳揍一次。」蘇玄雨帶著點愉悅，「我也覺得妳膽子挺大的，如果我沒有經過，說不定妳會斷一隻手或腳，妳那時都怎麼想的？」

蘇玄雨很好奇，溫茉茉看起來一副好欺負的樣子，怎麼這麼敢？

溫茉茉被他說得臉上又紅了起來，「我……沒想到她們家不是一般的家庭……」

「妹妹帶著人馬去找姊夫的小三出氣？普通家庭應該不會這樣吧？妳是不是電影看多了？」

「妹妹幫姊姊出頭不是很合理嗎？」溫茉茉嘟囔，「至少比起幫不認識的人出頭更合理吧？」

蘇玄雨哼了聲，「妳倒是告訴我，誰會幫不認識的人出頭？」

溫茉茉咬著唇，看了他一眼。

蘇玄雨微不可見地蹙了下眉，語氣不耐，「有事說事，別那副表情，像是我欺負了妳一樣。」

「你啊。你不就幫我出頭了嗎？」溫茉茉道。

蘇玄雨想了想，「那倒也是。」

「我高中就一直想著，當時若有人幫我，那該有多好？」

「妳高中怎麼了？」

溫茉茉在心裡琢磨，覺得事情都過去這麼久了，現在再提應該也不會太難堪，於是她用一種事不關己的口氣，陳述了她過往所遭遇的事件。

她盡量不帶情緒，像個成年人一樣自制，只是說到激動處，仍舊忍不住紅了眼睛。

蘇玄雨一邊吃著面前的食物，一邊安靜地聆聽，最後他只聳聳肩，「這沒什麼，妳有那些人的電話和地址嗎？我們一個個找過去。」

「找過去幹麼？」

「出來混總是要還的。」蘇玄雨放下刀叉，話裡突然帶了點狠戾，「他們敢找人麻煩，就要想到總有一天會被報復回去。」

溫茉茉搖搖頭，還沒說話，蘇玄雨驀地出手捏住她的臉頰。

「以後，妳就我罩的了，誰敢找妳麻煩，我就讓他好看。」

溫茉茉頓時覺得自己心裡那塊缺口被填滿了。

「都長大了，哪還能對往事這麼計較。」溫茉茉夾起桌上的菜，「而且13K不是都已經解散了嗎？你要怎麼罩我？」

蘇玄雨自信道：「你們這種普通人，我一個可以打十個。」

溫茉茉失笑，你就吹牛吧。

大約是她的想法都顯現在臉上了，蘇玄雨也笑起來，「妳不信我？」

「我信，怎麼不信？」溫茉茉嘴上這麼說，臉上卻都是打趣他的表情。

「以後妳就知道了。」蘇玄雨靠上椅背，「我就算不是13K的老大，罩妳，依然也是一件小事。」

「你一直都這麼有自信嗎？」溫茉茉無法理解。

蘇玄雨被她問得不知道該如何回答。

「與你相反，我只是一個平凡又自卑的人而已。」溫茉茉感嘆。

「平凡有什麼不好嗎？比如妳的青梅竹馬，妳跟他在一起，過的日子幾十年如同一日，平靜得像是死水。」

從這點說起，溫茉茉還是挺同意蘇玄雨的看法，「我聽不出來你這話是褒還是貶。」

張伯均這輩子確實應該都會平平安安、順順利利地過完。

「那我呢？」她好奇地問，「我也是你眼中數十年如一日的人？」

「妳不是。」

「我怎麼不是了？」溫茉茉追問。

蘇玄雨解釋道：「不平凡有很多種，妳就是屬於衰得特別不平凡的類型。」

「難道我認識你也是因爲我倒楣嗎？」溫茉茉沒好氣。

「不是嗎？」蘇玄雨懶洋洋的，「扣掉這次不說，我們之前幾次見面，不是妳正在倒楣，就是我正在倒楣。」

「還有那件外套呢！」溫茉茉不服氣。

蘇玄雨斜倚在和室椅的把手上，「那可是車禍現場，還不倒楣？」

溫茉茉啞口無言，這麼說也對……

第五章

溫茉茉和蘇玄雨聊起來之後，餐桌的氣氛就沒有那麼沉重了。

一頓飯過後，兩人對彼此都放下了戒心，蘇玄雨知道溫茉茉國中就失去了父親，溫茉茉知道蘇玄雨國小就失去了母親，多少有點同是天涯淪落人的感覺。

結帳的時候溫茉茉不敢看價錢，要是這一餐就吃掉她打工一個月的薪水，她怕自己的自卑感又要作祟。

於是溫茉茉走到遠處，欣賞店裡的裝潢與擺設，等到蘇玄雨走回她身邊，她才略帶歉意地朝蘇玄雨笑了笑。

蘇玄雨再次掐住她的臉，「妳的五官到底怎麼長的，爲什麼看起來這麼可憐兮兮，像是全天下都對不起妳一樣？」

溫茉茉沒好氣地拍開他的手，「能怪我嗎？從小到大我因爲這張臉惹了多少麻煩……」

「妳看起來就是挨打也不吭聲的那種人。」蘇玄雨語帶笑意，「如果是我，我也會選擇欺負妳。」

「蘇玄雨，你是不是特別傲嬌？」溫茉茉拿話堵他，「你分明就救過我，難道是怕我忘記，藉此提醒我？」

蘇玄雨忍俊不住，拉著溫茉茉往停車場去。

兩人上了車，蘇玄雨開往附近的商場，逛了好一陣子，吃了晚餐之後，蘇玄雨才打算送溫茉茉回家。

他就是不願意溫茉茉跟那個青梅竹馬太早見面，至於原因……

「溫茉茉，妳會跟妳青梅竹馬在一起嗎？」

溫茉茉正喝著一杯熱可可，被蘇玄雨這麼一問，她突地感到不好意思。

「不知道。」

「那妳喜歡他嗎？」

「不知道。」

「那妳就是不喜歡他。」蘇玄雨擅自下了結論，「這樣很好。」

聽到蘇玄雨說的話，溫茉茉沒生氣，只是覺得有趣。「好在哪裡？」

「張伯均不適合妳。」蘇玄雨看著溫茉茉詫異的臉，「他一看就是媽寶，妳跟他在一起，不但要照顧他，還要服侍他媽，妳願意嗎？」

溫茉茉有些愣怔，「張阿姨應該不是那樣的人吧……」

「沒有利益衝突時，人人都是好人。」蘇玄雨看著她。

「我未必會跟張伯均在一起，我們感情是不錯，然而我總覺得差了一點什麼，可能他也是這麼想的，所以從來沒有跟我告白過。」

「今天之後就不一樣嘍。」蘇玄雨抱著一種看好戲的心態說：「男人的劣根性我很懂，他一直理所當然覺得妳是屬於他的，所以不緊張。現在發現妳身邊有另外一個男人，自己的領地被入侵了，而且那人看起來還比他優秀，他還能沒點危機意識？」

溫茉茉被他說得發笑，「有人這麼拐著彎誇自己的嗎？」

「不說別的，我光是顏值就壓他一頭。」蘇玄雨話中也帶笑著笑意。

溫茉茉故意打量了他幾眼，「這倒是沒錯。」

兩人在路上走了一會兒，蘇玄雨倏地停下腳步，指著遠處的會館，對溫茉茉說：「我以前沒事的時候都待在那裡。」

會館裡面燈紅酒綠，女人、菸、酒，什麼都有，只要你有錢，哪怕你要的是安非他命，也馬上有人送上。

「想回去嗎？」溫茉茉問。

很意外地，蘇玄雨搖了搖頭，「其實我對13K並沒有那麼深的感情，只是忽然失去了一個屬於自己的東西，總覺得心裡空落落的，像是破了個洞一樣。」

溫茉茉理解地頷首，這就是他剛才說的男人的劣根性吧？她輕輕拍了拍他的肩膀，「我覺得，能離開那種地方就別回去了吧，腳踏實地過好每一天就很棒了。」

當初她自認跟蘇玄雨不熟，這種話她不敢講，但吃了這一頓飯之後，她逐漸明白蘇玄雨的個性，也曉得他不會因此生氣。

「再看看吧。」蘇玄雨不置可否，「也許你們覺得黑道世界很危險，但是對我而言……」他攤了攤手，「不做這個，我還能做什麼？」

溫茉茉沒有接話，她沒忘記兩人之前已經在車上討論過這個話題，而自己的提議顯然不在他的考慮之中。

溫茉茉靜靜地站在一旁，直到不遠處的騷動引起她的注意。

說實在的，如今這個社會，要在路上看見鬥毆沒那麼容易，尤其現在還不是深夜，才晚上七、八點而已。

蘇玄雨也注意到了那頭的動靜，「要過去看看嗎？」

溫茉茉被這個提議嚇得搖搖頭。

蘇玄雨握住她的手腕，帶著一點捉弄的心情，「我們走近一點。」

溫茉茉忍住尖叫的衝動，她一點都不想看！

但蘇玄雨沒打算放過她，幸好他最後沒有靠得太近，只是拉著她躲在附近的圍觀群眾後面。

溫茉茉聽見有人在喊報警，卻不知道為什麼遲遲不見警察的身影，或許喊的那個人根本沒有這麼做。

她悄悄摸出手機，觀察這附近的路標，準備找個機會打一一〇。

溫茉茉這頭分心想著要報警，那頭蘇玄雨的身體卻僵了僵，她感覺到他的不對勁，「怎麼了？」

「那是趙傑。」蘇玄雨咬著牙，把身上的外套脫了，扭動幾下關節。

溫茉茉看他一副要衝上前的樣子，連忙拉住他，「警察等一下就來了！」

「等不了！」蘇玄雨把外套往溫茉茉懷裡一塞，抄起一旁店家放置看板的凳子就衝進戰場。

他將凳子用力地往那些人身上砸，木凳子一下就碎成了幾大塊，蘇玄雨握著其中一個椅腳當作武器，打得他們連連退敗。

溫茉茉從來沒有以這種角度目睹過圍毆，她當過兩次圍毆的中心，但現在望著面前的景象，她才知道，過去那些發生在她身上的欺凌，根本不算什麼。

她被毆打的時候，那些人僅僅是想要給她一個教訓，並不是眞的想把她弄死，可是蘇玄雨他們這種鬥毆，是以把對方打死爲目的。

溫茉茉嚥了一口口水，忍著想要轉身逃跑的衝動，手指發顫地站在原地等他。

蘇玄雨加入戰局之後，情勢開始轉變。

原來是五、六個人打趙傑一個，蘇玄雨加入之後，依人數優勢來看，照理說不應該有太大的變化。

然而他的確很能打，本來那群人都快把趙傑打死了，現在一時之間蘇玄雨他們看起來竟然像是即將獲勝一樣。

儘管局勢正在逆轉，但蘇玄雨身上的傷還是漸漸增加了。

溫茉茉甚至看到有人被打到吐血，她不知道那是不是蘇玄雨的血——不能再繼續這樣下去了。

「警察來了！」溫茉茉尖叫，見那群人並沒有停下的意思，又再度高聲叫嚷，「警察來了！」

她不確定眾人是因爲怕警察，還是已經打盡興了，所以才紛紛停手。

那五、六個人，瞪著蘇玄雨，彷彿想用眼神把他殺死。

蘇玄雨仍舊一副吊兒郎當的模樣，一手垂在身旁，一手插在口袋裡，大有「要打再來」的意思。

那些人朝地上啐了口唾液，經過溫茉茉身邊的時候，還回頭看了她一眼。

這讓溫茉茉怕得連忙低下頭，退了好幾步。

蘇玄雨攙扶起趙傑，「還可以嗎？」

「老大……」趙傑聲音虛弱，但沒什麼大礙，「沒事，回家休養幾天就好。」

蘇玄雨沒說話，攙著趙傑走到溫茉茉面前，「走吧。」

「去哪？」

「國術館。」

「不、不去急診嗎？」溫茉茉看著滿身傷的趙傑，腦子裡閃過一連串的病名，「起碼照一下X光，看看有沒有腦震盪、內出血，或是硬腦膜下出血……」

「哪有那麼金貴。」蘇玄雨哼了聲，他自己也是滿身的髒污跟傷口，「走了。」

「喔、喔……」溫茉茉連忙跟上他們的腳步。

三人上了車，蘇玄雨想也沒想地就往國術館開。他們在道上走跳，只要不是重傷，基本不會想去醫院，傷筋動骨的事多半都是到國術館解決。

溫茉茉陪著趙傑坐在後座，不敢輕易動他。但她光是目測就看到肩膀脫臼、腳腕扭傷，以及其他數不清的瘀青和擦傷，後者算是小事，但脫臼和扭傷確實應該趕緊找人處理。

車窗外的橙黃色燈光隨著車子的行進，一閃一閃地照進車內，他們很快就到了國術館。

蘇玄雨扶著趙傑走進國術館的時候，溫茉茉瞥見師傅臉上閃過的訝異，大概是覺得這兩人還能出現在這裡很意外吧？

他放下手中的遙控器，走到病床前。

舊式的國術館沒有病人隱私的概念，一張病床就大剌剌地擺在客廳裡，把空間簡單隔成了兩個部分，一邊是師傅吃飯看電視的區域，另一邊就是病人和家屬休息、等待的區域。

蘇玄雨跟師傅有點交情，兩人一見面就直奔主題，討論起趙傑的傷況。

溫茉茉還是比較在意病人的隱私，所以她走到了門外，看著漆黑的夜空吐出了一口長氣。

今天晚上之前，都像是一場夢一樣，她吃著這輩子不曾嘗試過的高檔餐廳，乘坐著她工作一輩子可能都買不起的名車，甚至跟意想不到的人一起在街上漫步。

如果這一切是一場電影的話，那這幾幕一定是導演特別安排的溫馨橋段，而後下一秒美夢破碎，回歸現實。

血淋淋的暴力提醒著她，蘇玄雨就是從刀光劍影中走出來的，所以他才會說，不做這個不知道要做些什麼。

確實，過慣了刺激而血腥的生活之後，很難習慣平凡的日子吧。

溫茉茉思考良久，才動了動肩膀。

「嚇傻了？」

溫茉茉回頭，老實地點頭：「有點。」

蘇玄雨似笑非笑地倚在另外一邊的門框，從懷裡掏出菸盒，叼起一根菸，俐落地點燃打火機——從頭到尾只用了左手。

溫茉茉盯著他的右手片刻，接著走了過去，一把握住他的手腕，把袖子捲起，才發現他手臂上有一道又紅又青的傷口，還在往外滲血。

「讓人拿木棍打的。」蘇玄雨淡淡開口，「我第一次被打的時候才知道，原來打的力道夠大的話，皮膚會整個崩裂開來。」

蘇玄雨講得很輕鬆自在，溫茉茉連聽著都覺得痛。

「這是你總穿黑襯衫的原因嗎？」她低聲地問，「流血了也看不出來。」

蘇玄雨微瞇眼睛，「不，我單純覺得黑襯衫很帥。」

溫茉茉斜睨他一眼，「不說拉倒。」

蘇玄雨朝空中吐出一口煙，「等會兒我們去藥局買藥，包紮妳應該可以做吧？」

溫茉茉點點頭，隨即反應過來，「國術館的人沒辦法包紮啊？」

「我想洗個澡。」蘇玄雨把自己沒有受傷的左手臂伸到溫茉茉面前，「聞聞看，有沒有嗅到什麼味道？」

溫茉茉困惑地聞了聞，「除了一點汗味之外，沒有什麼味道。」

「沒有剛剛那群人渣的味道？」蘇玄雨面不改色地問。

溫茉茉愣了好幾秒，才反應過來，這人在逗她呢。

「我不是狗好嗎。」溫茉茉好氣又好笑。

「笑了就好，別板著一張臉，這不是還沒死嗎？」蘇玄雨把菸頭扔到地上，用腳踩滅，「等我死了妳再哭吧。」

「我幹麼為你哭？」溫茉茉不太高興，「什麼死不死的，你現在不是已經平安了？別說這種不吉利的話。」

蘇玄雨安靜了好半晌之後才說：「我現在每天睡醒的那個瞬間，都還以為我在逃命，不知道下一秒會不會有人闖進我家。理智上我很清楚自己已經脫離黑幫，但我心裡老是認為這輩子沒有洗白的可能了。」

「我總覺得這是PTSD……」溫茉茉看著他，「要不你去看個精神科醫生，創傷後壓力症候群可大可小。」

蘇玄雨低低地笑了幾聲，拍了拍她的頭，「把我袖子放下來。」

溫茉茉依聲而辨，但還是忍不住說：「其實我覺得我實習醫院的精神科醫師人不錯，要不要我幫你掛號？你現在應該可以用健保卡吧？」

「再說吧。」蘇玄雨隨口敷衍她。

兩人走進國術館裡，師傅正幫趙傑包紮到最後一處傷口，他在趙傑的腳腕上打了個結，套上了彈性繃帶，才算結束。

師傅收了診金，叮嚀了一些注意事項，趙傑一一應下後，三人才離開了國術館。

他們路上經過藥局，蘇玄雨讓溫茉茉下車買了些藥和包紮用的必需品，接著直奔他的住處。

溫茉茉這才知道，原來兩人住得挺近，步行大約半小時的距離而已，可是他們在這之前，卻從來沒有遇見過。

蘇玄雨停好車，帶著兩人進了屋子，屋子不大，是很常見的三房兩廳格局。

蘇玄雨讓趙傑在沙發上坐下，順手扔了一包濕紙巾給他，「擦一擦。」

趙傑默默地接過這包濕紙巾。

蘇玄雨這時候走進廚房，從冰箱裡拿出了啤酒、礦泉水。

溫茉茉皺眉，「你們都是傷患，不能喝酒。」

蘇玄雨看了溫茉茉一眼，溫茉茉被看得心虛，「本來就是……」

蘇玄雨將手中的東西放在客廳桌上，「妳過來。」

「要、要幹麼？」溫茉茉警惕地看著他，「你該不會想揍我吧？」

蘇玄雨冷笑幾聲，「我看起來像是會打女人的人嗎？」

溫茉茉眨了眨眼，踱著踱著，走到蘇玄雨面前。

「我要洗澡，妳過來幫我。」

溫茉茉驚慌失措地向後彈開幾步，臉紅得像是能滴出血來，連連擺手，「我、我不行！」

蘇玄雨斜瞥她一眼，「不行什麼？我是叫妳幫我在傷口處纏上紗布和保鮮膜。」有人說話這樣斷句的嗎？不能怪她想歪吧！

她癟嘴，跟著蘇玄雨進入主臥。

蘇玄雨關上主臥的門，「過來幫我脫衣服。」

溫茉茉認命地慢慢走過去，替他把右手的袖子給拉了出來。才這麼段時間，部分布料已經黏在傷口邊緣了，扯動衣服的時候，她聽見蘇玄雨的呼吸聲變得有些粗重。

「櫃子右上方的抽屜，有紗布和保鮮膜。」蘇玄雨指揮著她。

關上門的房間裡，空氣不太流通，有股淡淡的菸味流淌在這個空間，讓她有種被蘇玄雨緊盯著的錯覺。

溫茉茉拿了東西回來，蘇玄雨繼續指揮她在他的傷口上作業。

「你確定這樣能防水？」溫茉茉疑惑道：「你不先上藥嗎？等一下拆開的時候會很痛喔……」

蘇玄雨沒作聲，等到溫茉茉放下保鮮膜的瞬間，蘇玄雨把她往懷中一攬。

溫茉茉的臉貼在他的胸膛上，雙手撐在他身上，兩人肌膚相親，她嚇得一動也不敢動。

「害怕嗎？」

溫茉茉總覺得這句話別有所指，她不知道自己該說怕，還是不怕。

蘇玄雨輕輕地把溫茉茉的頭髮順到她耳後，露出了小巧泛紅的耳珠。

他的嗓音像是砂紙一樣磨過她的心頭，「妳現在還在想，吃點小虧就算了嗎？」

沒等到溫茉茉回答，蘇玄雨接續說：「但我卻不想當妳生命中無關緊要的人。」

他喜歡溫茉茉身上的特質，就算膽怯得雙腳都在打顫，還是能安靜認眞地把事情做好，像是一朵小白花一樣，安然自適，也讓他感到舒心。

不像他，哪裡都找不到容身之處。

很多東西其實他並不在意，所以身邊的事物來來去去，他頂多當下有些惆悵，過一陣子可能就好了。但現在他將這朵小花放在心上了，那麼，不管怎麼樣他都要她留在身邊。

蘇玄雨去洗澡了。

溫茉茉心神不寧地坐在床邊，聽著浴室水聲，以及隱隱傳出來的男性沐浴乳香味，明明是清爽的薄荷香氣，卻將房間暈染出曖昧的氣氛。

蘇玄雨進浴室之前，叫她在臥房裡等著。

等到他進了浴室，溫茉茉本來想出去，但想到趙傑還在外頭，相較之下，她居然覺得這裡更好一點，就連她自己都覺得莫名其妙。

她走到窗邊推開窗，微冷的空氣竄了進來，她深深吸一口氣，亂成一團的腦子才終於冷靜下來。

到了此時此刻，她無法否認自己深受蘇玄雨的吸引。

然而她喜歡的類型從來就不是蘇玄雨這種的，渾身上下都散發著危險氣息，多靠近一步就會粉身碎骨。

她喜歡的應該是帶著眼鏡，待人溫和有禮，可能還會一兩種樂器，風度翩翩的貴公子。

蘇玄雨跟她的理想型簡直是背道而馳。

溫茉茉看著窗外發呆，突然聽見浴室門開的聲音，不由自主地轉頭過去。

水滴沿著蘇玄雨的瀏海滴落，落在他的肩膀上，順著肌肉的線條，滑下胸肌、腹肌，直至腰間圍著的浴巾。

溫茉茉連忙別過頭，把窗戶關小了點。

「過來。」蘇玄雨左手拿毛巾隨意地擦著頭髮。

溫茉茉走上前，蘇玄雨朝她呶呶嘴，「幫我拿一套短袖短褲過來。」

她走到衣櫃前，拿了一套衣服出來，放在他身旁。

見蘇玄雨似乎打算頂著一頭濕髮直接套上衣服，溫茉茉下意識地勸阻，「你頭髮不擦乾，會感冒。」

「一隻手很難處理。」蘇玄雨把毛巾遞給溫茉茉，像隻幼獸一樣朝她低下頭。

溫茉茉猶豫了幾秒鐘，接過毛巾替他擦著頭髮。

男生頭髮短，擦一下子就差不多乾了，只是脖子和肩膀上仍然有一些水滴，溫茉茉拿著毛巾，紅著臉，順手將那些水滴也擦乾。

「幫我穿衣服。」蘇玄雨開口。

溫茉茉喔了聲，拿起一旁的衣服，「以前沒有人幫你的時候，你都怎麼穿？」

蘇玄雨的頭穿過了領口，受傷的右手也在溫茉茉的協助下，輕輕地從袖口穿出來。「不穿。」

「不冷嗎？」

「冷又有什麼辦法？」蘇玄雨勾了勾嘴角，「沒有人照顧就是這麼可憐。」

「裝什麼可憐？」溫茉茉語氣淡漠。

「我沒有裝，我就是這麼可憐。」蘇玄雨大言不慚，伸出左手拿了褲子過來，「我要穿褲子了，妳要看嗎？」

溫茉茉連忙轉過身，聽著背後窸窸窣窣的聲音，嘟囔著：「下流。」

「我好心提醒妳，妳還說我下流？下次不提醒妳了。」蘇玄雨說完，一把抱住了她的腰，把頭放在她肩膀上，「妳想跟我在一起嗎？」

溫茉茉沉默了好一會兒，搖搖頭，「不想。」

「為什麼？」蘇玄雨沒有放開她，他甚至沒有把手縮緊，如同他們討論的話題是晚餐要吃什麼一樣輕鬆自然。

溫茉茉的身體有點僵硬，蘇玄雨是沒有聽懂她的意思嗎？正常人在這種情況下，手就應該要鬆開了吧？

「為什麼？」蘇玄雨再度追問，此時他為了不讓溫茉茉扳開他，雙手微微出力，「妳不喜歡我？」

溫茉茉低頭看著環在她腰間的手臂，「我過不了這種生活。」

蘇玄雨的手微不可見地抽了一下，他懂溫茉茉的意思，所以沉默不語。

但溫茉茉以為他還在思考，於是又說：「我不能接受我的另外一半，早上出門還好好的，結果晚上卻有別人跟我說，他再也不會回來了。」

溫茉茉在他的圈禁中轉了身，仰起頭看著他，「我覺得只要我們不再見面，你很快就忘記我了，你想要什麼樣的女人沒有？」

蘇玄雨不想聽她叨叨地說他很快就會愛上別人。

她根本不了解他！

也不想了解他！

蘇玄雨吻住了溫茉茉的唇瓣，不客氣地侵城略地，不放過她嘴裡的每個角落，強迫她與他的舌交纏，直到她喘不過氣地拍著他的肩膀，蘇玄雨才依依不捨地離開她的雙唇。

呼吸到新鮮空氣的那一秒，溫茉茉覺得自己的腳都軟了，好在蘇玄雨抱著她，否則她大概會摔到地上去。

溫茉茉用力推了他的胸膛，「流氓！」

「我從來不是好人。」蘇玄雨不痛不癢，「妳的理由我聽見了，只不過那是妳的想法，我不會放棄，妳儘管抗拒沒關係。」

溫茉茉望著他，不能理解他的意思，隨後一直圈在她腰上的手忽然鬆開，支撐著溫茉茉的力量驟失，她順勢向後跌了幾步。

蘇玄雨首先走出臥房，溫茉茉跟在他的身後。

趙傑還待在客廳裡，看著電視裡的綜藝節目昏昏欲睡，他腳放在桌上，面前擺著一罐打開的啤酒。

一見他們出來，趙傑才把腳從桌子上收回去。

蘇玄雨沒說什麼，只是坐在他慣坐的位置上，「你怎麼會被他們抓到？」

「運氣不好。」趙傑倒是沒有什麼憤恨不平的情緒，「我出來吃個飯而已。」

溫茉茉在蘇玄雨身旁坐下，眼角瞄著趙傑那隻少了兩根手指的手。

蘇玄雨敲敲她的腦袋，「別呆坐著，幫我上藥。」

溫茉茉收回視線，抬手拆除纏繞在他傷口上的保鮮膜，但又覺得自己幹麼這麼聽話？她又不是他僱的私人護理師！

可是聽到蘇玄雨正在跟趙傑聊正事，她也不好在這時候跟蘇玄雨吵吵鬧鬧，於是便乖乖地替他上藥。

果然如溫茉茉所料，透氣紗布都黏在了傷口上，就算她用生理食鹽水將紗布弄濕，撕下來的時候，還能感受到手指下方傳來拉扯的感覺。她光是操作都覺得痛，蘇玄雨卻硬是沒有吭一聲，溫茉茉打從心底佩服他。

等到溫茉茉處理好傷口之後，蘇玄雨跟趙傑也聊得差不多了，她看了眼時間，已經要十點了。

「我該回家了。」溫茉茉插入他們的談話之中。

「我送妳。」蘇玄雨起身，抓起沙發上的外套，轉頭對趙傑說：「你今天晚上就睡這裡吧。」

「好。」趙傑也起身，雖然蘇玄雨現在已經不是13K的老大了，他不需要這麼做，然而他一時還沒把這習慣改掉。

蘇玄雨拿著鑰匙出門，兩人搭電梯下樓，走出大門時，溫茉茉冷不防停下腳步，「送到這裡就可以了。」

蘇玄雨一言不發。

「謝謝你今天請我吃飯。」溫茉茉低著頭望著自己的鞋尖，「我們不要再見面了。」

「妳說不見面就不見面？」蘇玄雨的聲音傳到她耳裡，「之後誰幫我換藥？」

「隨便找家診所或是藥局都可以吧。」

「那個要錢。」

敢情他想跟她在一起，是因為換藥不用付錢嗎？溫茉茉抬頭瞪他。

蘇玄雨笑了出聲，「走吧，送妳回家。」

溫茉茉不依，「我說的話你有沒有聽見？」

「聽見了，但是我不可能在深夜讓妳獨自回家，也不可能不跟妳見面。」蘇玄雨居高臨下地俯視她，「沒錯，換藥就只是個藉口，但是妳不幫我換，我也不會找別人，到時候我傷口爛了要截肢的話，我找妳負責。」

溫茉茉都被氣笑了，「我是護生，不能幫病人截肢。」

蘇玄雨聳聳肩，「我不管。」

「你到底想要什麼？」溫茉茉很是無奈。

「想要妳。」蘇玄雨直勾勾地盯著她，「妳聽清楚了嗎？如果沒有，我可以再說一次，我想要妳。」

蘇玄雨靠近溫茉茉一步，「也許妳說得對，我們只要久不見面，這種莫名其妙的吸引力就會消失，可是我為什麼要讓它消失？我就是要天天跟妳見面，直到妳受不了，想跟我在一起。」

溫茉茉最後還是接受了蘇玄雨的陪伴，她一個人走在前頭，蘇玄雨亦步亦趨地跟在她身後。

手。

直到她回到房間，從窗戶探頭出去，依稀還能瞧見站在路燈下的蘇玄雨朝她揮手。

溫茉茉總覺得蘇玄雨的氣息無所不在，就算她洗好了澡，那股若有似無的熟悉菸草味仍徘徊在鼻腔。

她把收在衣櫃深處的那件西裝外套拿出來掛著，隨後回到床上抱著腿，把頭擱在膝蓋上，凝視著那件西裝外套。

他喜歡她。

爲什麼？

溫茉茉很有自知之明，她的外表是長得不錯，但遠遠不到讓人驚豔的程度，兩個人的出身也不在同個水平上。

就算他的財產都是做壞事賺來的好了，那也是她的幾十倍，甚至幾百倍，如此一來，他們的差距又更大了。

然而蘇玄雨說喜歡她的時候，其實她有點高興，因爲她也喜歡蘇玄雨。

只是她沒辦法答應蘇玄雨，現在拒絕他，不過有點悵然若失，不至於太難過。

要是他們眞的在一起了，蘇玄雨天天過著朝不保夕的生活……她無法承受。

所以這樣就好，儘管有一絲絲捨不得。

就把這一切當作冬天過完之前的美好幻影，等春天到來，所有事情都會回到正軌。

她關了房間的燈，在黑暗中逐漸睡去。

✦

隔天，因為天氣太冷了，溫茉茉整天都待在家裡，她把期末報告寫一寫，午餐跟晚餐隨便煮了點東西，就當吃過了。

到了星期一，雖然白天溫茉茉不用實習，但她還是在六點多的時候從床上驚醒，幾秒鐘之後才反應過來，然後迷迷糊糊地走進浴室刷牙洗臉。

溫茉茉回到自己房間的時候，看了一眼掛在衣櫃門上的西裝外套——這是她為自己設置的減敏治療。

每次經過時就看它一眼，好似這樣看久了之後，她就會漸漸對蘇玄雨感到麻木。治療進行了一天，溫茉茉深信這是個好方法，起初她看著外套的時候還會想到蘇玄雨，現在只覺得它是一件再普通不過的外套。

溫茉茉坐到書桌前，滑著手機，看著LINE的對話視窗，有點擔心蘇玄雨沒去換藥。

他是星期六晚上包紮的，星期日就算沒換，今天一早肯定要換的。

她應該已經把傷口處理得滿乾淨的了，但還是要小心發炎的可能……

溫茉茉猶豫了好幾分鐘，最終心一狠，放下手機，她才不相信，蘇玄雨會對自己的傷口這麼輕忽大意。

而後她又繼續寫實習心得報告，到了打工時間她才出門。

蘇玄雨這兩天一條訊息都沒有傳過來，溫茉茉雖然鬆了口氣，但隱隱有點失落。看吧，不用太久，蘇玄雨就會失去對她的興趣了。

溫茉茉縮著肩膀走進麵包店裡。

今天負責早班的是另外一個跟溫茉茉不那麼熟的員工，一見溫茉茉過來，寒暄了兩句就離開了。

如此平靜的一天。

一切都跟過去幾天沒有明顯的差別，來店裡買麵包的還是那幾張熟面孔，甚至也都在差不多的時間光臨，落地的櫥窗外偶爾會有一兩臺車子行駛過去——都是她見慣了的場景。

「過的日子幾十年如同一日，平靜得像是死水。」

她驀地想起蘇玄雨說的這句話。

她跟蘇玄雨在一起短短半天時間，卻感覺經歷了好多事情，和她毫無波瀾的日常生活截然不同。

晚上她半拉鐵門，正要做打掃工作的時候，張伯均出現在店裡。

「你怎麼來了？」溫茉茉笑著問，「來買麵包嗎？但是已經賣完了耶……」

「沒有，我來找妳。」張伯均微笑，「有什麼要做的？我幫妳。」

「好啊。」溫茉茉笑了，指向收銀臺上的抹布，「幫我把麵包架都擦一擦。」

一人份的工作，兩個人做很快就結束了。

等到完全拉下了鐵門，溫茉茉才又問：「說吧，你來找我什麼事？」

「我沒事不能來找妳嗎？」張伯均笑咪咪的，「我就是念書念得累了，過來找妳聊聊天。」

溫茉茉一臉不信地撇撇嘴，「下週就要期末考了，你跑來找我聊天？你們大四的課很閒？」

「確實不忙，該修的課都在大三修完了，大四就剩一些必修。」張伯均走在她身旁，心裡很是糾結，他想問那天見到的那個黑衣男子，可是又不曉得應該如何開口。

「喔。」溫茉茉應了聲，見他恍神，伸手在他眼前晃了兩下，「想什麼呢？」

張伯均衝口而出，「就是想問妳，有關那個黑衣男人的事情。」

溫茉茉臉上的笑意收斂，她垂下眼，「你要問什麼？」

張伯均愣了幾秒，他其實也不清楚自己到底想了解些什麼，他只是不希望溫茉茉跟那個人有太多來往。

「他看起來很危險，妳不應該跟他走得太近。」張伯均對她說。

溫茉茉一邊走，一邊轉頭看了他一眼。

不應該？

什麼時候她的應該不應該，是由他決定？

「沒事，我心裡有數。」溫茉茉淡淡道。

張伯均見她沒當一回事，又急著說：「那種人不適合妳。」

溫茉茉覺得好笑，「什麼人適合我？」

張伯均啞口無言，下意識地就回：「我怎麼知道？」

「那你如何肯定他不適合我？」溫茉茉放緩了聲音，「而且我也沒說我要跟他在一起，你不用擔心。」

張伯均一聽這話，頓時輕鬆了許多，他在心裡想，茉茉跟誰交往都可以，就是不能跟那麼危險的人攪和。

「這麼說來，妳到底喜歡哪種類型的人？」

乍一聽到這問題，溫茉茉的腦海裡瞬間浮現出蘇玄雨抱著她的場景，那帶著沐浴乳香味的擁抱，依舊記憶猶新。

「會讓我爲之心動的人。」溫茉茉低低地說，她沒有辦法否認自己的心爲蘇玄雨悸動。

「妳這也說得太模糊了吧？」張伯均失笑。

溫茉茉挑眉，「你問這麼清楚幹麼？你要幫我介紹男朋友？」

「可以啊，我們系上這麼多男生，總有一個是妳的菜吧？」

溫茉茉擺了擺手，「以後再說吧，我現在沒有那個心情。我也就這幾個月比較閒，等到過完寒假，我又要開始實習，同時還要準備護理師的國考，哪有空談戀愛？」

張伯均點點頭，「也是，等妳考完試再說吧。」

他偷偷覷著溫茉茉的側臉，昏黃的路燈柔化了她臉部的線條，看起來特別溫柔，讓人忍不住想伸手輕撫她的臉龐。

張伯均把手插進口袋裡，「阿姨最近好嗎？」

「還可以。」溫茉茉勾了勾嘴角，每次提起溫母的病，她總習慣先笑，彷彿這樣就會顯得病情不太嚴重。

兩人安靜地走了一段，溫茉茉倏地不再往前。

只見蘇玄雨站在在公寓前的路燈下，他嘴上含著菸，視線掃了過來。

溫茉茉一動也沒動，像是被他瞅了這一眼，就再也不知道怎麼走路般。

張伯均也發現了那個身影，他扯了扯溫茉茉的手肘，「茉茉？」

「伯均，你、你先上樓吧？」

「我在這裡陪妳。」張伯均往旁挪了一步，擋住了蘇玄雨的視線。

菸味隨著寒風送到溫茉茉面前，她卻忽然分心想起衣櫃門上的那件西裝外套。

原來自己的掙扎都是徒勞無功，她只是對那件外套麻木了，並不是對蘇玄雨麻木了。

否則怎麼會在看到他的時候，心跳開始加速。

第六章

蘇玄雨直直朝她走來，溫茉茉不由自主地退了一步。

「茉茉，別怕。」張伯均出聲，「我會保護妳。」

這聲音喚回了溫茉茉的思緒，不知怎麼地她覺得有點好笑，張伯均的戰鬥力跟蘇玄雨相比……就像是大學生跟小學生的差距吧？

她輕輕地搖搖頭，甩掉腦海裡的胡思亂想。

「沒事。」

這時候蘇玄雨也走到了他們面前，「換藥。」

溫茉茉往傷口上瞧了一眼，果然沒有換過藥，紗布的邊角都已經蜷曲起來了，她沉默了幾秒，最終還是點點頭，「那你把藥帶來了嗎？」

蘇玄雨另外一隻手舉起袋子，晃了晃。

透過燈光，溫茉茉看見袋子裡的生理食鹽水在瓶子裡晃蕩。

「那我們去附近的公園吧。」溫茉茉提議。

「我沒有意見。」蘇玄雨說完，瞥了一眼張伯均。

張伯均急急忙忙地道：「我也去。」

溫茉茉點頭，率先往公園走。

因爲天氣寒冷，時間也晚了，公園裡一個人影也沒有。

冷風捲著落葉滾過他們腳邊，溫茉茉隨意挑了一張長椅坐了下來，蘇玄雨當機立斷挨著她的邊上坐下。

長椅不大，硬要擠三個人沒問題，但蘇玄雨沒給張伯均留位置，導致張伯均往哪裡靠都不對，乾脆站在溫茉茉身後。

溫茉茉拉起他的手小心翼翼地拆開繃帶，檢查傷口。

居然已經在收口了！

溫茉茉內心感嘆，沒見過身體癒合能力這麼好的人，眞是適合打架的體質。

她一言不發地清洗傷口、換藥，直到把新紗布一圈圈纏好之後才開口：「之後不用再換了，注意不要發炎就好。」

蘇玄雨一把抓住溫茉茉的手，「我們談談。」

他拉著溫茉茉起身，一旁的張伯均本想上前阻止，卻被蘇玄雨瞪了一眼之後停下動作。

蘇玄雨懶得跟他說話，轉頭帶著溫茉茉走到一旁樹下。

溫茉茉安靜地低著頭看著腳邊的落葉。

「眞的不管我了？」蘇玄雨軟下聲音問，「妳連車禍的傷患都會去救，爲什麼不管我？」

溫茉茉抬起頭，望進他的眼眸，那雙眼睛亮燦燦的，沒有任何一點負面的情緒，只是溫和地凝視著她。

溫茉茉的腦海裡驀地就浮現出「朝思暮想」這四個字，她想伸手拉他的衣角，理智卻不停地警告她不准這麼做。

「我……」

溫茉茉抿著唇，微微垂下眼簾，還沒組織好言語，已經被蘇玄雨一把拽進懷裡，熟悉的味道竄入鼻腔，他的擁抱一如他的人一樣霸道，完全不容許她逃跑。

他沒說話，溫茉茉也沒動，但她知道自己全身的細胞都在為這個擁抱歡呼。

溫茉茉的眼角瞄見張伯均疾步走來，停在離他們五步遠的地方，張伯均的身影提醒了她，那才是屬於她的世界。

就算平凡無奇，十年如一日。

她稍微用了點力量掙脫這個令人沉醉的擁抱，「我要走了。」

蘇玄雨握住她的手腕。

「我要走了。」溫茉茉又說了一次。

蘇玄雨的嘴唇動了動，正想開口說些什麼，張伯均已經走上前，拉住溫茉茉的另外一隻手。

張伯均當然也聽見了溫茉茉說的話。

兩人僵持了幾秒鐘，此時溫茉茉見到一旁有人經過，忽然很抽離氣氛地想：這個時間居然還有人來公園運動？

這一秒，蘇玄雨鬆開她的手，退了一步。

溫茉茉還沒回過神，就聽見剛剛進入公園的那幾個人的調笑：「樹下有小情侶，這麼冷還在外面卿卿我我。」

「過去看看，搞不好在打野砲。」

「公園哪算什麼野砲？」

幾人說著下流的話，溫茉茉聽得耳朵發紅，張伯均拉著她頭也不回地走了。

匆忙之中，溫茉茉回頭看了一眼，蘇玄雨卻已經不在原地。

兩人走了一段路，手不知不覺地就放開了，誰也沒注意到這點小事。

直到站在家門口前，溫茉茉才小聲地道了謝。

「不客氣。」張伯均馬上就應了，隨即又說：「那個人很危險，妳小心一點，有什麼事情就打電話找我。」

溫茉茉頷首，「我知道，我會的。」她拿出鑰匙開門，「那我先回家了。」

張伯均雖然不想她這麼快離開，但也想不到理由留下她，只好向她道了聲晚安。

溫茉茉回到家裡，發現溫母正在客廳裡看著電視。

溫母一見她回來，笑咪咪地問：「剛剛跟伯均在門口聊什麼？怎麼不讓他進來坐？」

溫茉茉搖搖頭，「沒什麼，單純他去店裡買麵包，所以我們聊了一會兒。」

「這樣啊。」溫母點點頭，「下次請他來我們家吃晚餐，我來做飯。」

的？」

「好。」溫茉茉應下，而後挨著溫母坐下，「媽，妳當初是怎麼跟爸在一起的？」

溫母疑惑，她沒想過溫茉茉會問她這個問題。

「那時候我們是公司同事，日久生情吧。」溫母敏銳地察覺到溫茉茉情緒不對勁，「心情不好？跟伯均吵架了？」

「沒有。」溫茉茉沉吟片刻，「妳怎麼會認爲我們吵架了？」

溫母笑了下，「不然妳還能跟誰吵架？妳身邊也就這些人，總不會是涵秋吧？妳哪有跟她吵架的勇氣？」

溫母對宋涵秋的性子略知一二，自己的女兒怎麼可能跟她吵架？被她拎著罵還差不多。

溫茉茉也覺得有點好笑，自己確實沒那個膽子。

溫母拍了拍溫茉茉的手，「小倆口吵架歸吵架，不要壞了感情。」

小倆口？

「我跟張伯均不是那種關係。」

溫母嘆氣，「伯均那孩子個性溫和，很適合妳。妳身邊如果有他照顧，我走了也比較放心。」

「媽，別胡說八道，醫生不是說病情控制得很好嗎？」溫茉茉不喜歡聊這個話題，於是故意打趣道：「妳喜歡張伯均那一款啊？」

「妳不喜歡嗎？」溫母笑，「我喜歡有什麼用，要妳喜歡才行。」

溫茉茉想起了蘇玄雨。

又聽見溫母在耳邊說：「過日子嘛，互相扶持著也就過了。你們年輕人不懂，總想要挑一個轟轟烈烈的對象，但日子哪能天天都高潮迭起？想要走一輩子，得找一個能陪妳過平淡日子的人。」

怎麼好像所有人對張伯均的評價都是平淡？

溫茉茉有點好奇，「難道我不能跟張伯均過轟轟烈烈的日子嗎？」

溫母像是被她逗樂了，「也不是不可以，只是我想不出來，你們兩個要怎麼轟轟烈烈。」

溫茉茉自己也想笑，因爲她同樣想不出來。

「聽媽媽一句勸，差不多就好了，別太挑剔，是人都會有缺點，就算這世界上存在十全十美的人，妳也配不上啊，妳自己就不是十全十美的人了。」溫母說著，打了個呵欠。

溫茉茉見狀，立刻說：「妳去睡吧，我要去洗澡了。」

溫母關掉了電視，慢慢起身，「好。那我去睡了，晚安。」

「晚安。」

溫茉茉洗了個澡回到房間裡，抱著棉被看著蘇玄雨的外套發呆。

自己就這樣一走了之，蘇玄雨會很難過嗎？

溫茉茉開啓手機裡的LINE，點開了蘇玄雨的大頭照，那是一張有著藍天白雲，以及遼闊大海的照片，跟他本人的氣質一點都不相似。

在那之後，溫茉茉就沒再見過蘇玄雨了，她心裡雖然空落落的，但也有種塵埃落定的感覺。

這樣就好。

即使有點惋惜和捨不得，但不適合自己的對象，終究不能要。

也許人與人之間有奇妙的吸引力，然而只要長久不見面，時間最終會淡化一切，溫茉茉這麼說服自己。

而後她便一頭栽進期末報告的修羅場。

到了期末考週，溫茉茉扣掉實習課後，手上只剩兩、三門課，都不用考試，只要交報告，所以別人在水深火熱的時候，她已經沒事做了。

她在學生餐廳找了個位置，等待宋涵秋考完試，兩人約好要一起去吃點東西放鬆一下。

✦

張伯均坐在餐廳裡，煩躁地扒著頭髮。

自從前些日子見到了蘇玄雨之後，他就感到不安，這個人是他跟溫茉茉之間的第一個祕密。

也許別人不知道，但是他能感覺到，他們之間有著特殊的情愫，溫茉茉看著蘇玄雨的眼神，和看著自己的不同。

他無法具體形容那是什麼樣的差異，簡單來說，他沒見過有著那樣神情的溫茉茉。

他本來想趁著寒假有空的時候，好好跟溫茉茉聊一聊，甚至還想找宋涵秋一起勸勸溫茉茉。

但誰知道——

「你別老是弄你的頭髮。」張母不客氣地在他手背上拍了一下，「等一下人家女生過來，看到不好。」

張伯均緩緩地把手放了下來，「我才幾歲啊，相什麼親？大學畢業我還要去當兵，妳讓人家等我嗎？」

「你少來，你們現在當兵還週休二日，你們可以在週末培養感情。」張母沒當一回事，「況且，相親也沒有一次就成的，多看看幾個不好嗎？趁著你寒假有空，別總是待在房間裡面玩你的電腦，眼睛都要瞎了。」

張伯均無奈，也懶得跟張母解釋，自己使用電腦不一定都是在玩遊戲，「我只是覺得我才二十二，不急吧？」

「什麼不急，你趁年輕的時候結婚生小孩，媽媽還能幫你照顧，等我老了就帶不動了。」

兩人的認知不在同一個層面上，張伯均認爲現在不管他說什麼，可能都是白費口舌。

幸好張母話音剛落，她的同事就來了，她連忙站起來揮揮手。

張伯均也只好跟著站起來，無奈地朝張母同事和她身後跟著的那位女生頷首。

他早已預先看過對方的照片，也知道女生的名字，叫徐維玲，但見到眞人之後，不免還是感到驚訝。

在這個修圖已經是日常的時代，居然還有人跟照片相差不遠，本人甚至還帶著某個電影明星的韻味。加上對方是學音樂的，一雙水靈大眼、一頭黑長髮和優雅的氣質，愣是比照片上的人要好看不少。

張伯均打量徐維玲好幾眼，原先的煩躁一點一滴消失了，取而代之的是一種說不清楚的期待。

她是他的生活圈裡從沒出現過的女生類型——嬌弱又溫柔。

雙方母親寒暄了幾句，然後點餐，吃完之後，長輩就先離席了，留下兩個小輩尷尬地面對面坐著。

「妳怎麼會想來相親？」張伯均有些意外，「應該很多人追妳啊。」

徐維玲搖搖頭，「我今年就要大學畢業，從來沒交過男朋友，我媽就有點急了。她勸我心態放開些，不要當作是相親，而是多認識幾個新朋友，我想想也對，所以就來了。」

張伯均試探道：「那妳覺得我可以當妳朋友嗎？」

徐維玲笑起來，「沒什麼不行的吧？你又不是壞人。」

「那我們等一下要去看場電影嗎？」張伯均拿出手機，「我查查時刻表？」

「這麼快？」徐維玲有點不好意思，但也想不到拒絕的理由，畢竟都出來相親了，而且張伯均給她的感覺也不壞。

「主要是我不想太早回家。」張伯均撇撇嘴，壓低了音量，「到時候我媽又要問東問西，不如在外面多待一陣子。」

徐維玲聽出他的話外之意，「原來你是被逼著來的。」

張伯均坦然地點頭，「來了之後，我覺得妳媽說得也沒錯，就當多認識幾個朋友。」他頓了頓，「像我現在不就認識了妳。」

語畢，他不動聲色地指了指後面，「你媽跟我媽還坐在那裡喝茶，要是我們就這樣散了，她們肯定不滿意。」

徐維玲往張伯均的方向靠近了點，也壓低聲音，「你媽很凶嗎？」

「不凶，就是很愛碎碎念，很煩。」張伯均抱怨，又問：「怎麼樣？就當幫我一次，我請妳看電影？」

「你跟每一個相親對象都這麼說嗎？」徐維玲好奇又有點打趣地問。

「妳是第一個。」妳是我第一個相親對象。張伯均鬼使神差地沒把話說完整，故

意留下一點曖昧的氛圍。

一聽這話，徐維玲忽然就開心起來，不為什麼，當第一個總是比無數個之一好，於是她便答應了張伯均。

「那走吧，我們去跟我媽還有你媽打個招呼，她們一定很高興。」張伯均笑嘻嘻地起身，兩人一前一後走到張母和徐母的桌邊，告知要去看場電影。

長輩們自然樂見其成。

臨走之時，張伯均聽見張母說：「妳看，我說得沒錯吧，我很清楚我兒子喜歡什麼樣子的女孩，兩人肯定能成。」

張伯均心想：確實，徐維玲的長相和個性就是他最喜歡的類型。

他這時候顯然已經忘記自己來之前在煩惱什麼了，自然也沒注意到，一旁有人偷拍了幾張他們的照片。

蘇玄雨也是恰好在大馬路上閒晃時，看見張伯均走進一家餐廳，他剛好有空，又沒想到自己要吃什麼，就跟著進去，隨後躲在一旁目睹了全程。

雖然他聽不見張母對張伯均說了什麼，也聽不見張伯均對徐維玲說了什麼，但是不妨礙他從他們一行人的表情與動作推敲出全部含意。

他抱著一種惡作劇的心態拍了不少照片，然後用LINE傳了訊息給溫茉茉。

蘇玄雨：溫茉茉，出來吃飯。

溫茉茉那時正在家裡打混，晚上打工的時間還沒到，她又不想念國考的書，於是乾脆放棄掙扎，裹著棉被坐在電腦前看劇。

見到LINE的提醒通知從電腦螢幕的右下角跳出來時，溫茉茉嚇了一跳，屏住呼吸，好幾秒鐘之後，她才點開了對話視窗。

她以爲蘇玄雨會徹底離開她的人生，沒想到他又這樣突然出現，就像他從未離開過。

她還在猶豫該如何回應時，蘇玄雨的訊息又進來了。

蘇玄雨：幹麼？自卑病又發作了？

溫茉茉臉上一熱，迅速地在鍵盤上敲擊，然後發送。

溫茉茉：沒發作！就是覺得我們這樣不好。

蘇玄雨：哪裡不好？就算男女朋友分手，都還可以當朋友，況且我們又沒有交往過，難道連一起吃頓飯都不行？

溫茉茉被他說得一愣，確實也是……

溫茉茉：好吧，什麼時候？我晚上要打工。

蘇玄雨：明天中午，我去接妳。

溫茉茉：好。

結束對話之後，溫茉茉也無心繼續看劇了。

她坐在電腦前，一邊隨意地瀏覽社群網頁，一邊想著蘇玄雨。

也不知道爲什麼他突然找自己吃飯？難不成他已經把那天的告白放下了，覺得兩人可以繼續當朋友？

溫茉茉心口有點酸，可是她還沒放下啊……這時候見到蘇玄雨，她怕自己會更無法釋懷。

不過蘇玄雨都這麼說了，自己要是不赴約，又顯得她很小心眼。

溫茉茉嘆了一口氣，托著臉，覺得腦子裡亂糟糟的。

好吧，朋友，就當朋友。

跟朋友吃個飯也沒什麼關係。

到了隔天，溫茉茉出門之前，從桌上的水果中挑了兩顆蘋果放進袋子裡。

寒風瑟瑟，就算位於亞熱帶地區，過年前的這段時間，氣溫依然降得挺低。

溫茉茉一上車就因爲車裡車外的溫差而打了個大噴嚏。

蘇玄雨無奈地從副駕駛座前的置物箱裡抽了幾張衛生紙給她。

「妳這是對我過敏嗎？」

溫茉茉一邊揉著鼻子，一邊甕聲甕氣地說：「搞不好喔。」

蘇玄雨瞪了她一眼，踩下油門，將車子慢慢駛入車流當中。

車裡開著廣播，兩人雖然沒交談，氣氛倒也不至於太僵。

「你怎麼突然想找我吃飯？」

「有照片想跟妳分享。」蘇玄雨唇邊帶著笑，心情很好的樣子。

溫茉茉顯少見他露出這種表情，忍不住多看了幾眼。

蘇玄雨察覺到她的眼神，並沒有多說什麼。

很快就到了餐廳，蘇玄雨這次選了間在巷弄裡的小店，兩人進去找了個安靜的角落坐下。

餐點不算貴，但溫茉茉還是衡量了一下價錢。

她大約打工四個多小時就能吃得起，乍聽還是有點誇張，不過想想蘇玄雨上次帶她去的那家日式餐廳，溫茉茉覺得他這次挑的這家平價多了，至少這價錢在她能負擔的範圍之中。

兩人各點了一套排餐。

等到服務生離開桌邊，溫茉茉開口問：「你要跟我分享什麼？」

「我昨天看見有人去相親了。」蘇玄雨拿出手機，點開相簿後，遞給溫茉茉。

溫茉茉滑了幾張相片，就沒什麼興致地把手機還給他。

「他相親關我什麼事？」溫茉茉看著眼前這個顯然覺得自己惡作劇得逞的男人，輕輕地撫額，「你好幼稚。」

蘇玄雨聳聳肩，「反正不管妳怎麼想，我心情滿好的。」

「就因爲張伯均跑去相親？」溫茉茉不以爲然，「這跟你沒關係吧。」

蘇玄雨一樂，「我看人一向很準，這兩個人肯定有戲。」

溫茉茉回想了一下照片裡的女生長相，「也不意外，張伯均一向喜歡這種樣子的女明星。」

「跟妳不太像啊。」蘇玄雨意有所指。

「所以呢？」溫茉茉沒好氣，「我又不想跟他在一起。」

蘇玄雨勾了勾嘴角，「有進步，妳上次是說『不知道要不要跟他在一起』，這次已經是『不想跟他在一起』了。」

「你這麼關心我的感情生活幹麼？」溫茉茉朝他癟癟嘴，「你還是關心你自己吧。」

「我關心妳，就是關心我自己。」蘇玄雨想也沒想便說。

溫茉茉沉默片刻，低聲說：「不是說好當朋友的嗎？」

「是啊。」蘇玄雨沒當一回事，「我們現在不是朋友嗎？」

溫茉茉深深地看著他，正想開口說話，又聽見他問：「寒假過得好嗎？」

聽出他有意扯開話題，於是她順著他的話說：「還不錯，至少不用實習，可以好好休息。」

接著她頓了幾秒，從包包裡掏出蘋果，「快過年了，送你蘋果，希望明年你平安。」

蘇玄雨頗爲意外，但還是收下蘋果，「謝謝。」

兩人聊了會兒，前菜也上來了。

溫茉茉一邊吃，一邊想著，兩人或許眞能當朋友也不一定，至少這次見面，就比之前的幾次自在多了。

「吃完飯想去哪？」蘇玄雨問。

「沒什麼想法。」溫茉茉放下刀叉，拿紙巾擦了擦嘴，「吃飽了。」

蘇玄雨端詳她的餐盤，「妳吃這麼少？」

「差不多吧？」溫茉茉想了會兒，「其實我吃了不少，剛剛喝了湯，吃了沙拉和麵包，平常哪會吃這麼多啊？」

蘇玄雨點點頭，表示接受她的說法。

溫茉茉身體向後傾靠上椅背，「你這次過年打算怎麼過？」

「沒計畫。應該就跟平常一樣，在家裡吧。反正有超商和外送，餓不死的。」蘇玄雨慢慢地說。

溫茉茉想了想，小心翼翼地問：「你……不去找你爸嗎？」

「不去。」蘇玄雨毫不遲疑，「都幾百年沒聯絡了，他現在有自己的家庭，我去幹什麼？」

「你畢竟還是他兒子，不打算和好嗎？」

「不打算。」蘇玄雨放下手中的餐具，似笑非笑，「妳這麼關心我家，是想嫁進來嗎？」

溫茉茉臉上一熱，撇過臉。

蘇玄雨不再揶揄她，淡淡開口，「我高中之後就沒再跟我爸聯絡了，要說交集，也是回我外公家時才有可能，但他們都有自己的安排，我去不去對他們來說都不重要，那我幹麼去？」

「喔……」溫茉茉雖然霧裡看花，但也知道這是人家的家務事，還是不要多問。

「妳今天不用打工，晚上我們去山上看夜景。」蘇玄雨忽然提議。

溫茉茉啊了聲，「你怎麼知道我今天晚上不用打工？」

蘇玄雨撇撇嘴，像是在說：妳那麼點小事，我怎麼可能不知道。

溫茉茉怔忪了一瞬間，她覺得蘇玄雨此刻的表情，是最貼近他內心的時刻。

從最初她見到蘇玄雨到現在，她一直不了解他到底是什麼樣子的人，他在她面前就像隔著雨幕，讓她總看不清楚。

而剛剛那一瞬間，就像是雨驀地停了一樣，她忽然理解了蘇玄雨，或者說至少理解了那個表情所表達的意思，只要他想，就沒有什麼辦不到的。

「發什麼呆？」蘇玄雨側著身，一隻手在她面前晃了兩下。

「沒什麼。」溫茉茉回過神，「你剛才說什麼？」

「說要去看夜景。」蘇玄雨的眼神在她臉上狐疑地轉了兩圈，最終還是決定不追問，「去嗎？」

「會到很晚嗎？」溫茉茉補充道：「我沒告知我媽，我晚上要出門，她會擔心。」

「那妳打個電話通知她，說妳不會太晚回家，就比妳平常打工結束的時間晚一點而已。」

「好。」溫茉茉拿出手機打了電話。

蘇玄雨坐在對面，看著她低聲說話，她的側臉很溫柔。

他其實不知道自己爲什麼喜歡溫茉茉，他只記得那次在醫院抱著她的時候，他的心彷彿找到了落腳的地方。

他有時會不由自主地想觸碰她，而他也能感覺到溫茉茉並不是眞心抗拒。

溫茉茉講完電話放下手機，正好對上蘇玄雨的目光。

「……幹麼？」

「沒幹麼。」蘇玄雨淡淡地道。

溫茉茉困惑地看著他。

「吃好了嗎？」蘇玄雨的目光瞄向她面前的盤子，「吃好就叫人上甜點了。」

「嗯。」溫茉茉應聲，又悄悄覷了他一眼。

蘇玄雨臉上一旦沒了笑容，看起來就像在生氣一樣。

溫茉茉此時也不敢造次，只敢低著頭滑手機。

「妳這輩子有拋棄過誰嗎？」蘇玄雨突如其來拋出一個問題。

「啊？」溫茉茉茫然地抬起臉，「我要拋棄誰？」

「妳就沒有恨過那些高中時期霸凌妳的人嗎？」

「當然恨過啊。」溫茉茉莫名其妙地答，「但是我能怎麼辦？打回去嗎？我又不是你。」

「妳可以找我這種人幫忙。」蘇玄雨又說。

溫茉茉想了會兒，「如果我高中就認識你，也許有可能，可是都過這麼久了，就有點不必要了吧……」

「不，就算高中我們倆就認識了，妳也不會做這種事情。」蘇玄雨頓了頓，「因爲妳就是這種安於現狀的人，不願意冒險。」

溫茉茉無言片刻，「你跟我聊這個是想要譏諷我嗎？」

「不，我只是想要印證我的想法。」蘇玄雨偏了偏頭，「妳從來沒有主動拋棄過任何人，因爲妳不敢。」

✦

溫茉茉眼前一片黑暗。

她的雙手和雙腿都被人用膠帶纏著，頭上還罩著個麻布袋，她雖睜著眼睛，但依然什麼都看不見，而她的鼻腔裡充斥著汽油揮發的味道，還有一股海水的鹹味。

地面很涼，凍得她瑟瑟發抖，她想坐起身，卻因爲四肢都被束縛著，所以掙扎了一會兒，還是只能躺在冰冷的地上。

粗糙的麻布袋摩擦著她的臉頰，刺痛又發癢。

溫茉茉深呼吸了幾次，壓下內心的恐懼，慢慢地扭動著手腳，再度掙扎起來。

她這麼一動，便撞到了旁邊的人，溫茉茉一下僵住了。

「是我。」蘇玄雨開口。

溫茉茉聽出他的聲音，心下稍安，本想開口問問題，卻又不知道從何問起。

「妳靠過來一點，我把妳頭上的麻布袋拿掉。」蘇玄雨道。

溫茉茉依言，往他的方向挪動。

蘇玄雨用牙齒咬住麻布袋，頭往後一抽，溫茉茉這才得以見天日。

這是一間廢棄的廠房。

周圍擺著一些生鏽的器具，角落堆放不少汽油桶，水泥的地面上有著深淺不一的油漬與積水。

溫茉茉眨了幾下眼睛，耳邊傳來海浪拍打沙灘的聲音。

「怎麼跑到海邊來了？」她小聲地問。

「不知道。」蘇玄雨漫不經心地答。

溫茉茉看了他一眼，他身上比她慘多了，除了手腳被捆起來之外，他其中一隻眼睛已經腫到完全睜不開了，此外，鼻梁、嘴角都帶著青紫。

「你還好嗎？」溫茉茉語帶關心。

「還好，死不了。」蘇玄雨一副不甚在意的模樣。

溫茉茉又往前移動了一些距離，倚靠著蘇玄雨，緩緩坐了起來。

「這是你的仇家？」

蘇玄雨只從喉間擠出一聲像是嗯的聲音。

溫茉茉不再說話，低著頭回想方才到底發生了什麼事情。

記憶慢慢回籠。

他們吃完了午餐，在商場逛了一下午，然後去吃了晚餐，蘇玄雨就帶她到山上看星星。

兩人坐下來沒過多久，一夥人就從一旁竄了出來，他們有備而來，而蘇玄雨沒有防備，還要分心照顧她，一下子就敗下陣。

她本來想報警，可是山上收訊不好，一旁的小混混又注意到她的行爲，所以一棍子把她敲暈了。

溫茉茉呼出了一口長氣，強迫自己冷靜下來。

「怕嗎？」蘇玄雨問。

溫茉茉扭頭過去看他，還來不及說話，脖子上的陣陣刺痛提醒著她，剛剛她那裡才挨過一棍子。

她疼得倒抽一口氣。

溫茉茉緩過勁後才說：「我說不怕你信嗎？」

「我信。」蘇玄雨的語調依然那麼不以爲意，「妳本來就不像外表看起來的這麼脆弱。」

海潮的聲音一波波地傳入他們所在的廢棄廠房。

溫茉茉仰頭看，廠房屋頂破了個大洞，微弱的亮光從那裡滲了進來。

「現在怎麼辦？你比較有經驗，你來告訴我應該怎麼做。」

蘇玄雨笑了一聲，「看來我在妳眼中，眞是無惡不作的人，難怪妳不肯跟我在一起。」

「都什麼時候了，我們不能聊點正經的嗎？」溫茉茉沒好氣地回話。

「我覺得這個話題很正經。」蘇玄雨一動不動，「我們現在這樣哪還有什麼辦法？」

溫茉茉再次深呼吸，接著開始左右張望尋找可以突破的出口。

「喂！」蘇玄雨喊她，「妳會怪我嗎？」

溫茉茉瞪了他一眼，突然發現他肩膀不自然地向後拉扯著。

她琢磨片刻，「你脫臼了？」

「嗯。」蘇玄雨坦然承認。

「好好好，敬你是一條好漢，這樣還能面不改色地跟我閒聊。」溫茉茉簡直都要氣笑了，怪不得他一副放棄掙扎的模樣。

「我告訴妳，妳又能怎麼辦？」蘇玄雨看著天花板上的破洞，光線忽明忽滅，應該是附近燈塔的燈光，同時冷風也呼呼地從那個洞灌進來。

溫茉茉沒理會他，繼續扭動著身體，移動到蘇玄雨的身後，碰地一聲倒在地上。

蘇玄雨簡直要被嚇得跳起來，「妳怎麼了？」

「我沒事。」溫茉茉說：「就是肌力不足，沒辦法慢慢地躺下來。」

「妳累了？」躺下來？蘇玄雨一頭霧水。

但下一秒鐘他馬上就明白溫茉茉想做什麼，她想把他手上的膠帶咬開。

她柔軟的唇瓣在他的手腕上摩擦，不一會兒，些許的唾液流到他的掌心。

蘇玄雨一言不發地看著夜空。

當初創立13K的時候，他從來沒有想過他會連累一個女人跟他一起被困在這裡。

不知道過了多久，蘇玄雨開口，「溫茉茉，如果我們能逃掉的話，妳想幹麼？」

「離你遠一點。」溫茉茉不假思索迅速地回了這句話。

「是嗎？」蘇玄雨沉默。

又過了一段時間，月亮已經徹底消失在屋頂的洞口，他聽見溫茉茉說：「你試著扯扯看。」

蘇玄雨忍著肩膀傳來的劇烈疼痛，硬是把纏在手腕上的膠帶給扯斷了。

「呼、呼……」幾下功夫，蘇玄雨已經疼得滿頭大汗。

溫茉茉側躺在地上，看著他一咬牙，把自己脫臼的肩膀接上，她也跟著打了個哆嗦，光看就疼得不行。

蘇玄雨動了動肩膀，雖然仍隱隱有些刺痛，但至少已經可以行動，他連忙把自己跟溫茉茉手腳上的膠帶都拆了，拉著她躲到陰暗處。

「附近應該都有人看守。」

「你心裡有沒有譜，他們是哪裡的人？」溫茉茉壓低了音量。

他們躲在廠房裡的機具後頭，這些機具也不知道廢棄多久了，表面都是一層厚厚的鐵鏽。

「逃出去再討論這個問題吧。」蘇玄雨頭也不回地說。

他看著前門，又觀察四周，壓低聲音，「廠房應該不只一個出口。」

溫茉茉指著角落，「是那裡嗎？」

蘇玄雨一邊的眼睛已經腫得看不見了，一聽溫茉茉這話，才剛想轉頭去看，前門就被推開了。

三、四個滿身酒氣的男人走進來，原本還在閒聊，發現抓來的人不見了，這幾個人瞬間安靜下來。

「人呢？」

爲首的劉啓明大吼。

「老大，人一、一定還在，我們幾個兄弟一直守在門前，等老大回來，一步也沒有離開過。」

劉啓明反手就打在那人臉上，「我問你，人呢？！」

「一定是躲起來了！」那人顫抖著回答。

「那還不找出來。」他轉身往門外走，「我給你們三分鐘，找不到人，你們也不用走了。」

劉啓明靠在外頭的牆上，大口地抽著菸。

那菸的味道隨著海風吹拂四散各處。

蘇玄雨在角落揀了一根鐵棍，吩咐溫茉茉躲好之後，潛入黑暗之中。

那些人喝了酒，就算被嚇得酒醒了大半，但腳步還虛浮著，加上蘇玄雨躲在陰暗處，不出手則已，一出手便是一打一個準，蘇玄雨趁他們三個人還來不及發出聲音之前全放倒了。

蘇玄雨轉身拉著溫茉茉打算從小門出去。

碰！

蘇玄雨腳下一個踉蹌，險些撲倒在地上，他的大腿上多了一個彈孔，血正汩汩地往外流。

溫茉茉尖叫了一聲，驚恐地回頭看向開槍的人。

「就知道你還躲在這裡。」劉啓明收了槍，慢慢往前走，「你拿走我兒子一條命，我就要你陪一條命。」

蘇玄雨知道這件事情已經沒什麼好說的，所以也不打算開口。

當然，劉啓明的兒子不是他殺的，難道劉啓明不知道嗎？不，他知道，只是他心中的憤怒需要一個發洩口，所以才找到了蘇玄雨。

「溫茉茉，妳跑吧，妳留在這裡幫不了我。」蘇玄雨推了她一把，「去找警察。」

溫茉茉嚥了口口水，看著步步逼近的男人，抿抿唇，果斷地往小門跑去。

蘇玄雨看了一眼她的背影，頭一次強烈希望她可以永遠別再回頭看他。

第七章

下雨了。

冬季的雨寒冷徹骨，雨水沿著溫茉茉的脖頸滑入衣領裡，但她沒有空將這些水珠擦掉。

夜晚的海邊只有海浪聲，溫茉茉半扛著蘇玄雨，艱難地走在石礫灘上。

這裡不是觀光海岸，岸邊鋪著的不是細緻的白沙，而是大大小小分布不均的石塊，以及不知道從哪裡來的飄流木。

她時不時就會從石塊上踩空，而後再狼狽地穩住身體，重新把蘇玄雨扛起來。

蘇玄雨幾乎一半的重量都壓在她身上，他遭受槍擊的那隻腿只能勉強施力，另外一隻腳的情況也沒多好，不確定是脫臼了還是扭傷。

相較而言，他一開始就脫臼，又被他自己接回去的肩膀，反倒沒這麼嚴重。

鹹濕冰涼的海風撲面而來，搜刮走他們身上的熱量。

「前面有山洞，我們進去躲一下。」溫茉茉提議，「蘇玄雨，你還能再堅持嗎？」

「可以。」蘇玄雨聲音虛弱。

「好。」溫茉茉滿頭大汗地拖著蘇玄雨走。

周遭環境的情況不好，隨時都有石子和木頭從旁岔出，幸好兩人出門的時候都穿了不少件衣服，勉強還有一點保護作用。

溫茉茉咬著牙苦撐著，就算只是半扛著蘇玄雨，對她來說也是頗為沉重的負擔。她喘息幾聲，繼續朝目標前進。

無論如何，這裡都不是停下休息的好地方，儘管她的雙腿已經開始微微打顫。

蘇玄雨自然注意到溫茉茉的情況，不過他沒出聲，因為他什麼忙都幫不上，就連不依靠她獨自行動都辦不到。

溫茉茉集中注意力往前走，但視線所及一片漆黑，就算她每一步都踏得很小心，依然走得東倒西歪。

「嗯！」溫茉茉忽然發出一記悶哼。像是受到了某種攻擊，卻死死咬著牙關不肯哀號。

蘇玄雨轉頭瞅了她一眼，「妳受傷了？」

溫茉茉深深吸了一口氣，嗓音微啞地說：「沒事。」

蘇玄雨便不再多言。

兩人藉著遠處微弱的燈塔光芒，終於走進了洞穴。

這是一個天然岩洞，溫茉茉先找了個較為平坦的地方放下蘇玄雨之後，自己才找了個離他不遠的地方坐下。

他們並未交談，唯有溫茉茉在低低地喘著氣，扛著成年男人在沙石灘走了這麼久，對體力普通的她來說，著實有些不堪負荷。

燈塔的光照不進洞穴裡，海岸邊也沒有其他光源，此外又下著雨，使得可見度更加降低。

等到溫茉茉的呼吸和緩下來，蘇玄雨才問：「妳哪裡受傷了？」

溫茉茉沉默了幾秒鐘，「小腿，大概是被木頭扎到了。」

「嚴重嗎？」

「不知道。」溫茉茉反問，「你怎麼樣？」

「右腿中彈，左腳踝可能是脫臼或扭傷，左手應該也斷了。」蘇玄雨平靜地陳述。

溫茉茉無言了一會兒。

「我們不能待在這裡，你的傷需要醫治——」

「我們現在出去就是死。」蘇玄雨打斷她的話。

死這個字觸動了溫茉茉，她安靜片刻，然後開口，「我剛剛把那個人打死了嗎？」

「沒有。」蘇玄雨立刻答。

「……你怎麼知道？」

「我離開之前，確認過他還有呼吸。」蘇玄雨看不見溫茉茉，但用腳指頭想也知道溫茉茉肯定不信，於是他又道：「如果他死了，我們就不用跑了。」

溫茉茉啊了一聲，「也對。」

「他的幾個小弟也沒死，只是被我打暈而已，等到他們醒來，會帶他走。」蘇玄雨補充，「何況妳力氣這麼小，要打死一個人也沒有這麼容易。」

溫茉茉聽到這裡才終於鬆一口氣。

「那……他們多久會醒過來？」

蘇玄雨想了想，「不一定，半小時左右吧？」

溫茉茉直覺地點點頭，隨即想到他現在看不見，於是嗯了一聲。

「嚇到了？」

「你第一次打架的時候……不害怕嗎？」溫茉茉不答反問。

蘇玄雨停了幾秒，「不記得了，那是高中的事情了。」

「喔。」

他們倆還眞是天差地遠，她高中的時候被揍，他高中的時候揍人。

溫茉茉坐了一陣，耳邊除了遠遠的海浪拍岸聲之外，似乎聽見有人在聊天。

她驚慌失措地跳起來，在尖叫聲洩漏之前，她已經緊緊地摀住自己的嘴。

「過來。」蘇玄雨出聲，等到溫茉茉靠過來之後，他右手主動環在溫茉茉肩膀上，「進去。」

溫茉茉頷首，兩人往洞穴的更深處走。

這個洞穴比想像中還要幽深寬闊，竟然可以讓兩個人直立著行走。

他們走了良久，才摸到洞穴的底端。

雖然一方面也是因爲地面崎嶇，光線不明，兩人又都負傷，才導致他們行進的速度異常緩慢。

「可惜，我以爲會有出口。」蘇玄雨話裡充滿了失望。

但移動到深處之後，地面比起洞口處平整了許多，也沒了尖銳的石塊，至少可以容納兩人並肩而坐。

「溫茉茉。」

「嗯？」

「如果我要妳把子彈挖出來，妳敢嗎？」蘇玄雨語調自若。

溫茉茉差點沒從地上彈起來，「這裡環境這麼髒，不僅沒有足夠的光源，也沒有醫療工具，不可能。」

蘇玄雨壓著傷口，感覺溫熱的血液一點一點地滲了出來，「妳說得對。」

「你怎麼了？」溫茉茉警覺地問，「你的傷很嚴重是不是？」

蘇玄雨沒有回答。

半晌，有腳步聲在洞穴前面徘徊，那幾個人的對話依稀傳了進來。

「附近都沒找到，要不進去搜一下？」

「不要吧……誰知道裡面有什麼東西？人家不是都說洞穴很陰嗎？」

「沒找到人，怎麼跟劉啓明交代？」

「他都送急診了，有什麼好交代？而且要是弄死了蘇玄雨，說不定最後是我們背鍋。你別忘了當初出事的時候，是誰出來保他的，那是我們惹得起的人物嗎？」

「那劉啓明怎麼敢？」

「他當然也不敢啊，所以才需要我們兩個替死鬼啊！」

那人沉吟了一會兒，「你說得有道理，還是算了，如果他們眞的躲在裡面，就當給他們一條生路了。」

兩人談話的聲音越來越遠，直到溫茉茉聽不見。

溫茉茉放下警戒，「蘇玄雨，那個保你的人到底是誰？怎麼這麼厲害？」

她的問題無人回應。

蘇玄雨靠在石壁上，感覺身上的力氣逐漸流失，就連呼吸都變得困難。

「蘇玄雨！」溫茉茉輕輕拍了拍他的臉頰，「蘇玄雨！」

「幹麼？我還沒死，不用叫這麼大聲。」蘇玄雨雖然輕描淡寫，但說話已經明顯帶著氣音。

溫茉茉做出了決定，「我帶你走，他們不會抓你了。」

「我走不了。」蘇玄雨的口氣平靜，「妳自己走吧，我不會怪妳。」

溫茉茉垂眸思考良久。

她想過自己先走，畢竟她一個人行動鐵定比多帶著一個重傷患還要快，可以等她找到公共電話，再報警來救他。

「我背你。」溫茉茉語氣堅定，「蘇玄雨，你說得對，我這輩子沒有勇氣拋棄過任何人，所以我也不會拋棄你。」

「妳是不是傻？」蘇玄雨忽然笑了，「妳半扛著我都快走不動了，還想背我？」

「我也覺得我背不動你，所以你最好保持清醒，不要造成我的困擾。」溫茉茉不由分說地抓起蘇玄雨的手臂繞過自己的脖子。

「蘇玄雨，我不管你要怎麼做，激發腎上腺素也好，咬牙硬撐也好，反正，我們不能死在這個地方。」溫茉茉架著蘇玄雨站起身。

她可以感覺到蘇玄雨比剛剛要沉了不少，他不可能在這短短的幾十分鐘內變重，唯一的可能就是他沒有力氣了。

溫茉茉扛著蘇玄雨搖搖晃晃地往洞穴外走。

走了一小段路後，溫茉茉才驚覺自己的鞋子濕了，不是單純受潮，而是整個都浸濕了。

「漲潮了。」蘇玄雨淡淡地說。

溫茉茉回想有關漲潮的知識，沒記錯的話，農曆初一是大潮，今天是二十七……不，應該是二十八了。

「我聽漁民說，初一十五的清晨，浪潮最高，其間潮差可以高達兩公尺。」蘇玄雨語氣帶著刻意的尖酸，「溫茉茉，妳走吧，兩公尺的落差足夠讓妳淹死了。」

「我們是在岸邊，不一定會有這麼明顯的影響。」溫茉茉平靜地道：「蘇玄雨，你很想死嗎？三番兩次要我自己走。」

「妳知道嗎？我一直覺得人活著很沒有意思，日復一日過著一成不變的生活，就算偶爾有什麼新鮮事，那也只是幾個小時的興奮而已。」

「所以你才跑去當小混混？」溫茉茉順口回，「尋找刺激。」

她背著蘇玄雨，其實連講話都很吃力，可是她怕不回應蘇玄雨，他會徹底昏迷。

「應該是吧，太久了，記不起來。」

「你這種……想法，都是閒出來的毛病。你要是跟我一樣，不打工就沒錢……吃飯，看你還、還會不會有……這種想法。」溫茉茉一步一步往前走，海水越漲越高，已經淹到了她的腳踝。

由於海水水位上升的關係，阻力變大，他們的行動更加不易，加上石頭被海水浸潤，變得比來時更加濕滑，溫茉茉一路上已經打滑了好幾次，好在並沒有因此扭到腳，或是受傷。

她幾乎可以預見，這一路只會越來越難走，而她的力氣也即將消耗殆盡。

她暗忖，眞到萬不得已時，還是得找一個地方安置蘇玄雨。

剛剛溫茉茉沒有獨自離開，有一部分是因爲她怕自己離開這裡之後，會找不到原路。畢竟漆黑一片的海岸，她連走出去都沒有把握了，更別說帶人回來救他。

現在想想，她這個決定做得眞是太正確了。

等到滿潮，她怎麼可能再找到這個洞穴？到時候說不定整個洞穴都被淹沒了。

而待在洞穴深處的蘇玄雨，豈不是只能坐以待斃？

她默默扭頭看了蘇玄雨一眼。

「怎麼了？」蘇玄雨注意到她的視線。

溫茉茉輕聲道：「只是在想，幸好沒把你丟下。」

「妳可真是後知後覺。」

「你一開始就知道會漲潮？」

「知道。」

聽到他的回答，溫茉茉腳下一滑，連帶著把蘇玄雨也摔到地上去，等他們爬起來的時候，衣服已經全濕了。

溫茉茉傻愣著坐在水裡，彷彿這一摔把她的魂都摔飛了一樣。

「溫茉茉。」蘇玄雨喊她，「妳也到極限了，帶著我，妳走不遠的。」

「別說了。」

溫茉茉掬起海水潑了潑自己的臉，冰冷的海水讓她打了個哆嗦。

蘇玄雨一開始就知道會漲潮，所以他是用什麼心情趕她走的？

現在海邊的溫度恐怕不到十度吧，浸濕了的衣服讓海風一吹，身上像是結冰了一樣。

「放我在這，妳走——」

啪！

蘇玄雨沒有想到溫茉茉會出手搧他巴掌，那清脆的巴掌聲，把蘇玄雨都嚇住了。

「我叫你別說了。」溫茉茉咬牙，氣得拔高音量，「我在醫院見過很多病患，能活下去的都是有求生意志的人！」

蘇玄雨先是低低地笑了幾聲，後來實在控制不住哈哈大笑。

「幹麼！」溫茉茉沒好氣，「凍傻了嗎？」

「妳是這世界上第一個搧我巴掌的人。」

溫茉茉靜默了一瞬，冷冷地回：「畢竟其他人都是揍你吧。」

蘇玄雨想了想，竟然無可反駁。

兩人的下半身都泡在冰冷的海水裡，沒一會兒，溫茉茉就冷得牙關打顫。

不能繼續坐在這裡了。

「走吧。」她起身，卻沒想到離開了水，刺骨的寒風讓她體溫流失得更快。

蘇玄雨還坐在水中，他直直地看著溫茉茉，深吸了一口氣，又聽見她說：「蘇玄雨，我不能死，我媽還在家裡等我。」

「所以呢？」

「所以請你配合我，你就算想死，也不能死在我面前，不能是因爲我拋下你而死。」溫茉茉再次拉起他沒受傷的那隻手，繞過自己的肩膀，奮力地將他攙扶起來。

「這是妳當護理師的職業病嗎？」蘇玄雨譏諷她。

溫茉茉哪有心情回應他的嘲諷，「海水都漲到小腿肚了，你還有精力跟我鬥嘴？

能不能把力氣放在前進上？」

蘇玄雨想笑，但察覺到溫茉茉抖個不停，「妳很冷嗎？」

「廢話，你不冷嗎？」溫茉茉從顫抖的唇齒間擠出話來，「這人生……夠刺激了吧？」

蘇玄雨咳了幾下，被海水一泡，他腿上幾乎沒有知覺了，或許這算是好事。

溫茉茉感覺到蘇玄雨的力氣大了起來，兩人的行進速度比剛才快上許多。

她只當作蘇玄雨聽進了她的話，乖乖配合她。

他們又走了一大段路，才看見遠處的光亮。

「那邊有路燈，可能有公路。」溫茉茉的嗓子乾得發澀。

蘇玄雨沒有回話，溫茉茉轉頭望向他，「你還好嗎？」

「還好。」蘇玄雨的聲音同樣沙啞，「溫茉茉，我跟妳說過我外公嗎？」

溫茉茉不知道他爲什麼突然提起這件事，因此只嗯了一聲，當作回應。

「如果我死了，妳幫我通知他。」

溫茉茉心頭一驚，「別說傻話，到了公路上就會有車！到時候請司機幫我們叫救護車，你不會有事。」

「我給妳他的電話號碼。」

蘇玄雨自顧自地報出了十碼數字，並且強迫溫茉茉複誦好幾次，確認她已經背下來了之後，才說：「我外公雖然看上去是個滿冷酷的老人，但其實他人不錯，妳見他的時候別怕，把事情講清楚，他會明白的。」

溫茉茉心頭的不安感越來越濃烈，「你別弄得像是在交代遺言一樣，有什麼話你親自去跟他說，我又不是你的誰，幹麼幫你傳話。」

一陣冷風颳來，溫茉茉的頭髮凌亂，沾了海水之後糾結成一束一束，讓海風這麼一吹，甩在她臉上令人隱隱作痛。

蘇玄雨並不理會她，繼續說道：「我外公是個很奇怪的人。我媽過世的時候，他曾經要求我自立自強，他不會幫我，但是看在我媽的面子上，他也不會讓我死了。所以這些年他都沒怎麼管過我。」

蘇玄雨的聲音不大，又被海風吹得斷斷續續，溫茉茉聽得不是很清楚，但也聽了個七、八成。

她沒有阻止蘇玄雨說話，一方面是因為說話可以分散他的注意力，另一方面……

溫茉茉甩甩頭，嘗試凝聚自己有些渙散的意識。

破曉前是一天最冷的時刻，溫茉茉能感覺到氣溫一直在降低，冷得受不了的時候，她就重重地喘幾口氣。

嗓子像火燒一樣疼，頭也漸漸沉重起來，溫茉茉察覺到自己已經快要到極限了。

「蘇玄雨。」她喊了他，「如果這次能活著回去，你想幹麼？」

蘇玄雨呆滯了數分鐘之後，才說：「我不知道。」

馬路和路燈看著近，實際上卻距離遙遠，幸好這裡已經不是海岸邊那種崎嶇的地貌，他們也慢慢遠離了海水。

「如果、如果我們活著回去，你就找個工作，好好過日子吧。」溫茉茉咬了下自己的舌尖，疼痛伴隨著淺淺的血腥味讓她集中了精神，「這種生活，過不了一輩子。」

「好。」蘇玄雨這次想也不想地就回答了，「我答應妳。」

兩人費盡千辛萬苦，終於走上公路，只是這個時間點，公路上沒有半輛車子。

溫茉茉跟蘇玄雨互相倚靠在路邊的圍欄上休息。

劇烈運動後，一旦停止活動，身上的熱汗和潮濕的衣物讓海風一吹，就變得更冷了，那種冷好像能凍進骨髓裡。

此時此刻，溫茉茉已經無力去關心蘇玄雨的情況，她自己都快撐不住了。

她忽然覺得這一切可笑，原本以爲拒絕了蘇玄雨就沒事了，沒想到最後還是被牽連。

「蘇玄雨，如果回得去，我們就在一起吧。」溫茉茉半垂著眼眸，「你說得對，我也喜歡你，我這輩子只喜歡過你一個人。」

如果就這樣離開人世，那她這輩子豈不是都沒有跟喜歡的人在一起過，到了陰曹地府不知道會不會後悔？

蘇玄雨沒有說話。

溫茉茉想起第一次見到蘇玄雨的場景。

他逆著光，百無聊賴地看她，那一刻，她彷彿見到了天使。

就算後來她從羅琳羽的口中得知，他是13K的頭頭，也一直無法抹滅她對他第一眼的印象。

難怪心理學家說，第一印象是最重要的。

天色還是很暗，似乎沒有轉亮的跡象。

溫茉茉可以感受到蘇玄雨靠在她身上的重量越來越重。

她雖然不想死，也不想蘇玄雨死，可是到了這一步，她再也無法保持清醒……

正當她覺得自己的神識逐漸遠離的時候，耳邊傳來蘇玄雨氣若游絲的聲音，「有車，快去……攔車。」

溫茉茉瞬間清醒，腎上腺素爆發，她毫不遲疑地衝到馬路中間。

嘰——

尖銳的煞車聲衝著溫茉茉而來。

「靠夭喔！！不要命了嗎！」司機開車門下車，嘴裡還叨叨地念著，「應該有人吧？不會是撞鬼了吧？要過年了，不要這麼晦氣……」

溫茉茉緩緩地睜開眼睛，正好對上司機大哥的臉，她立刻衝上前握住了司機大哥的手，差點沒哭出來，「救命！救命！」

司機大哥被她嚇得不輕，「妳……是人嗎？」

不能怪他有這種想法，畢竟溫茉茉的手凍得跟冰塊一樣，臉上一點血色都沒有，還披頭散髮的，看起來的確更像鬼一點。

「是人、是人。」溫茉茉連聲道，「求你，送我們到醫院。」

司機大哥猶豫了幾秒，就這幾秒鐘的時間，又被溫茉茉拉到路邊，看著已經倒下的蘇玄雨。

「求你，送我們到醫院。」她又說了一次一模一樣的話，眼看司機大哥沒有反應，溫茉茉乾脆直接跪下。「拜託！求你了！」

「好、好吧……」司機大哥實在沒辦法拒絕眼前這個苦苦哀求他的女生，更別說這人都已經跪下了。

既然答應了，司機大哥便走到蘇玄雨身邊，輕輕鬆鬆地就把蘇玄雨攙扶起來，塞進了前座。

「妳也坐上來。」司機大哥吩咐溫茉茉，「前面坐得下三個人。」

「謝謝！」溫茉茉連忙爬上車子。

司機大哥繞到另外一邊，坐上駕駛座，他一邊開著車，一邊開始打電話。

溫茉茉聽著他們的對話才知道，司機大哥剛從魚市批完貨，正要去菜市場擺攤。快過年了，攤子的生意比平常好上不少，司機大哥本來想是想早點去市場準備，結果沒想到半路遇到他們。

見他們一身狼狽，司機大哥也沒有多問什麼。

他之所以施以援手就是因爲即將過年，希望可以藉此積點陰德，來年大發利市。

但這不代表他看不出來這兩人身上又是血又是泥的，還在這種時間在濱海公路上攔車，肯定發生了不太好的事情。

雖然車子裡頭比外面溫暖很多，溫茉茉身體還是一陣陣地發冷。

不過大概是因爲整個精神放鬆下來了，她居然就這樣陷入昏迷。

✦

溫茉茉醒來的時候，首先聞到的是醫院獨有的消毒水味道。

「我在醫院了？」

她語氣茫然，抬起手之後才注意到自己正打著點滴。

溫茉茉回想了好一陣子，發現自己完全不記得怎麼進到醫院裡的。

她身上穿的是病人袍，原本的衣服讓護理師換下來放在床底了。

她深吸了口氣，卻引發胸痛和一連串的嗆咳，同時因爲身體震動，連帶著頭也跟著劇痛。

「還好嗎？」一旁的護理師連忙跑了過來，替溫茉茉順氣。

「我怎麼了？」溫茉茉啞著嗓子問。

「妳這是肺炎，要住院觀察喔。」

「跟我一起來的人呢？一名男性，大約二十四、二十五歲，腿上有槍傷。」溫茉茉描述得很仔細，護理師一聽就知道她問的是誰。

「他送加護了，他來的時候失溫又失血過多，身上還有骨折跟脫臼，情況不是很樂觀。」

加護病房……她一點都不意外。

早在他們找到人求救前，溫茉茉就覺得蘇玄雨的狀態非常差，可是那時候她情況也很糟，手邊又沒有醫療器具，根本幫不了他。

她思考片刻，最後直白地問：「他會死嗎？」

「不好說，他雖然傷得重，但畢竟還年輕，挺過來的機會還是滿大的。」

溫茉茉頷首，確實不是每個送加護病房的人都會死。

「探視時間是幾點？」

護理師跟她說了三個時段，溫茉茉記了下來，又詢問了一些基本問題。

摸清楚情況之後，溫茉茉不好意思地提出要求：「我知道妳們可能有規定，但能不能借我打幾通電話，我找我朋友過來。」

護理師猶豫了幾秒鐘，最後還是答應了。

她把溫茉茉扶到急診櫃檯邊，溫茉茉先打了家裡的電話，但沒有人接聽，她瞥了一眼牆上的時鐘，心下稍安，這時間母親確實有可能不在家。

她轉而打溫母的手機，卻依然沒人接聽。

溫茉茉這下真的心急了，該不會是出事了吧？

她巴不得現在就回家看看，可是她沒有錢，她所有的證件和錢都放在皮夾裡，然而劉啓明那夥人並沒有把手機跟皮夾留給她。

溫茉茉深呼吸幾口，又引來一陣嗆咳，她想找個可以來幫助她的人，但她手機丟了，也不記得宋涵秋跟張伯均的電話號碼。

精神一緊張，溫茉茉覺得她的頭再次劇烈地痛了起來，恍惚之中她忽然想起蘇玄雨死活要她背下的號碼。

她本來也是要打給蘇玄雨的外公，只是剛才想先打電話回家跟溫母報個平安，免得她擔心。

現下既然打不通溫母的手機，只好打給蘇玄雨的外公。

這次電話很快被接通了。

「請問是蘇玄雨的外公嗎？」溫茉茉聲音嘶啞。

電話那頭傳來低沉卻很有精神的老人聲音，「我是。」

「我是蘇玄雨的朋友。」溫茉茉把蘇玄雨的狀況跟所在醫院都告知了老人。

老人在電話那頭沉默了幾秒，「我知道了，請問尊姓大名？」

「我叫溫茉茉。」

「我現在馬上過去，希望有機會能當面感謝妳。」

溫茉茉起初想拒絕，後來想想自己現在身無分文，不管是等一下去打公共電話給溫母，或是搭乘交通工具回家，確實都需要用到錢。

就當是跟蘇玄雨的外公借的，反正都是認識的人，要還錢也很方便。

「好的，我在醫院的急診處等您。」

溫茉茉掛了電話，扶著點滴架躺回自己的病床上，她並沒有馬上睡著，而是想著蘇玄雨跟溫母。

一個還在加護病房，另外一個則是沒接電話。

她心亂如麻，卻又想不出其他辦法，一切只能等到蘇玄雨的外公到達醫院再說。

她甚至沒辦法探望蘇玄雨，自己感染了肺炎，醫院肯定不會讓她進去加護病房。

溫茉茉沒打針的那隻手臂蓋在眼睛上，忍了一整個晚上的眼淚，這時候慢慢地濡濕了她的手臂。

蘇玄雨，你可千萬要活著啊！

溫茉茉畢竟還生著病，就算心事重重，她仍然抵擋不住身體虛弱而產生的倦意，躺在床上沒多久便迷迷糊糊睡了過去。

等到溫茉茉再次醒來的時候，她已經被轉移到一間普通單人病房。

她神智還有點迷茫，轉頭發現床邊坐著一名老人，她幾乎是立刻就反應過來這是蘇玄雨的外公，他們的五官很相似，一看就知道有血緣關係。

溫茉茉心想，她能住進單人房，應該也是這老人的手筆，不然一般健保病房是四人房，更別說她這次根本沒用健保卡掛號。

「妳醒了。」老人拿下掛在鼻梁上的老花眼鏡，示意人把她的床頭抬高一些，「我是蘇玄雨的外公，萬南鑫。」

溫茉茉遲疑了幾秒，最終在外公跟萬先生這兩個稱呼之間選擇了後者。

「萬先生您好。」她的聲音依舊是破鑼嗓子，但萬南鑫似乎一點都不意外。

「我想知道詳細的事情發生經過。」萬南鑫沒有廢話，開門見山地說。

溫茉茉點點頭，咳了幾聲，一旁的人立刻送上溫水給她。

溫茉茉嚇了一跳，連忙接過杯子，「謝、謝謝。」

喝了溫水潤喉之後，溫茉茉才慢慢把事情從頭到尾仔仔細細地說了，特別是蘇玄雨強迫她背電話號碼那段。

聽完了溫茉茉的陳述，萬南鑫沉默了一會兒。

溫茉茉不敢問他打算怎麼做，她隱約知道當初蘇玄雨能在13K那次懸賞中全身而退，他外公應該出了不少力。只是不太清楚，到底萬南鑫就是那個大老，還是萬南鑫認識大老……

這種內幕消息，溫茉茉自覺還是不要知道比較好。

「妳安心在這裡休養，後續交給我處理。」萬南鑫開口，「有什麼需要的就吩咐我的助理，他會在這裡照顧妳。」

一直站在床邊的助理朝她輕輕頷首。

溫茉茉驀地直起身子，「我想問一下，蘇玄雨的情況還好嗎？」

「暫時沒有生命危險。」萬南鑫也不瞞她，「不過還得在加護病房住兩、三天，等到換到了普通病房之後，我會讓人把你們的床位挪在同一間。」

溫茉茉有點不好意思，「我不是那個意思……」

萬南鑫板著一張臉，沒有接話，也沒有追問。

這樣嚴肅的老人，讓溫茉茉心生畏懼。

「萬先生，如果可以，我想出院。」溫茉茉低著頭說，「我母親還在家裡等我。」

萬南鑫眼神中帶著困惑跟不苟同，「醫生說妳病得不輕。」

「我知道……」溫茉茉身爲醫護人員，自然知道肺炎的致死率其實是比一般人想像中要來得高，尤其是其症狀看起來就像是普通感冒，更容易令人疏忽。

「如果妳眞的想出院，我可以幫妳。」萬南鑫突然這麼說。

溫茉茉意外地看著萬南鑫，她原本以爲要費不少唇舌才能說服他，不料他居然就這麼同意了。

「那……如果可以的話，能借我一點錢嗎？」溫茉茉急急忙忙地解釋，「我的錢包跟手機都被那群人拿走了，我沒錢回家……」

語畢，她覺得自己臉上都熱了起來。

第一次見面就借錢，眞是丟臉到不行……就算他是蘇玄雨的外公，溫茉茉還是打從心底感到非常羞恥，導致她幾乎不敢看萬南鑫。

此時，房門外傳來一陣腳步聲。

溫茉茉抬起頭，看見醫生手上拿著病歷走進病房。

「溫小姐，我還是建議妳不要出院，抗生素有一個完整的療程，妳現在中斷的話——」

溫茉茉打斷他，「醫生我知道，但能不能改開口服抗生素給我，我現在必須回家，後續也會在我家附近的醫院追蹤病況的。」

醫生淺淺地皺起眉頭，「口服抗生素的效果沒有注射來得好，病程可能會拖更久。」

「我明白。但我一定要出院。」

醫生見她如此固執，便看向萬南鑫。

萬南鑫道：「就開最好的藥給她，自費藥也可以，能開多久開多久。」

溫茉茉感激地看著萬南鑫，「謝謝。」

醫生只能嘆氣，病人都這麼堅持了，他們也只能妥協。「那好吧，妳這幾天哪怕不發燒了，後續也要再去大醫院檢查，千萬不能大意，尤其是抗生素，一定要吃完。如果讓病情反覆，下次就更麻煩了。」

溫茉茉點點頭，「我知道，我是護生。」

醫生一聽她是護生，便不再多勸她什麼，例行性地囑咐了幾句之後，轉身走出病房，一旁的助理也跟著出去拿藥。

「護生是什麼？」

「就是實習護理師。」

「嗯。」

隨著這段問答結束，兩人之間立刻沉默無語，溫茉茉有些緊張，但又不知道能跟萬南鑫說些什麼。

等到助理帶著她的藥回來，溫茉茉才突然想到，她身上還穿著醫院的病人服……

「貴府在哪？」萬南鑫出聲，「我讓司機直接送妳回去。」

溫茉茉報了個地址，萬南鑫示意助理記下。

溫茉茉這時面色尷尬地問助理，「那個……我的衣服……」

助理面不改色地打開一旁的櫃子，拿出一袋基本已經看不出來是衣服的東西。

「溫小姐指的是這個嗎？」

溫茉茉抱著最後一點希望打開袋子看了一眼，一股臭酸且摻雜鹹腥海水味的氣息，撲面而來。

好吧，她並沒有太意外，畢竟早就有心理準備，她默默地把袋子重新綁了起來。

「這是你們在海邊弄濕的衣服？」萬南鑫問。

「對。」溫茉茉有些難為情，「送我回家之後，能不能讓司機稍等一下，我上樓換身衣服，再請他把病人服送回來。」

「妳要穿著這身離開？外面現在只有十幾度。」萬南鑫挑眉，溫茉茉覺得他這表情跟蘇玄雨很像。

溫茉茉語帶無奈，「但我沒有別的衣服，這些也都不能穿了。」

萬南鑫忘了這樁事，反倒愣了一瞬。

也是，兩人是被人送來急診的，怎麼可能會有多餘的換洗衣物？

「好。」萬南鑫轉頭對助理說：「等等你陪她回去，路上經過服飾店的話，買件外套給她，途中如果有什麼其他意外，你看著辦，回來再請款。」

助理應了下來，「知道。」

溫茉茉很想拒絕這件外套，可是萬南鑫的口氣聽起來不容質疑，更別說從一開始溫茉茉就滿害怕這個老人，於是只低聲地道謝。

她心想，反正之後再把買外套的錢還給蘇玄雨，請他轉交給萬南鑫就好。在這個關頭她若堅持拒絕這些物質上的幫助，總顯得很矯情。

溫茉茉心裡著急，卻也不敢太催促他們，「那……我可以走了嗎？」

萬南鑫頷首，「可以。」

溫茉茉自己動手把注射針頭給拔了，挪動身子準備起身下床。

剛踏到地面時，她頭還有點暈，一瞬間無法維持平衡，身體搖晃了一下，但很快就站穩了腳步。

她朝萬南鑫鞠躬，「萬先生，今天謝謝您，如果沒有您，我可能回不了家。」

萬南鑫挑眉，又聽見溫茉茉問。

「蘇玄雨會轉院嗎？」

萬南鑫思考半晌，「離開加護病房之後，有這個可能。」

「好的，那到時候我再去探望他。」溫茉茉再鞠了個躬，「謝謝，我先走了。」

「嗯。」

萬南鑫看著溫茉茉虛浮的步伐，想起了那個還躺在加護病房的孫子。

第八章

溫茉茉站在家門口前，才想到自己連家門鑰匙都丟了，幸好她們習慣在腳踏墊下藏一把備用鑰匙。

助理漠然地看著溫茉茉從腳踏墊下面摸出鑰匙。

「請進。」溫茉茉一邊咳著，一邊讓助理進門，「我去換身衣服，你等我一下。」

「好的。」助理負手，站在門邊。

屋子就是很普通的公寓格局，收拾得很乾淨，窗明几淨，充滿溫馨感。

過沒多久，溫茉茉就提著一個紙袋出來了。

「衣服在裡頭。」她把衣服遞給助理，「你需要喝點什麼嗎？」

「不用了。」

「那我可以加你的LINE嗎？」溫茉茉停頓幾秒，解釋道：「過幾天我想去探望蘇玄雨。」

「好的。」助理推了推眼鏡，拿出自己的手機。

溫茉茉這才想起自己手機丟了。

「我用電腦加你，你等我一下。」

溫茉茉疾步走回房間，抱出筆電，開機啓動LINE。

兩人交換了LINE之後，助理從自己的口袋裡掏出一個紅包，「這是我們老闆給溫小姐的一點心意，金額不高，請您務必收下，就當是彌補您的財物損失。」

溫茉茉猶豫片刻，她現在眞的需要錢。

她所有的卡片都放在皮夾裡，錢也都在銀行中，她就算要去補辦提款卡，也需要零錢搭乘大眾交通工具。

她低下頭，又遲疑了一會兒，才收下了這筆錢，「那拜託你跟萬先生說，這筆錢就當我跟他借的，我會還他。」

助理只是微笑，「那還有別的事情嗎？」

「沒有了，今天麻煩你們了，謝謝。」溫茉茉向他道謝。

「不用客氣。」助理朝她禮貌地點了點頭，「那我走了。」

「好的，謝謝你們，路上小心。」

溫茉茉送走助理之後，坐在客廳的沙發上。

下午四點多，冬日的陽光斜斜照入室內。

溫茉茉覺得自己的頭痛又開始隱隱約約發作，於是先吃了包藥，然後輕壓著悶疼的胸口，焦慮地看著時鐘。

這個時間點，母親難道是去超市買東西了嗎？

也不是不可能，但大概是因爲溫茉茉才剛剛從危險的處境回到自己熟悉的家中，她心裡總有種不太踏實的感覺。

她呆呆地坐了一會兒，隨後聽見門前有窸窸窣窣的聲音，她連忙開了門，結果是溫母工作的早餐店的老闆娘。

「唉唷！茉茉回來了！」老闆娘一看見溫茉茉立刻高聲叫嚷，「妳去哪裡了？妳媽媽送醫院了妳知道嗎？打妳手機都打不通……」

溫茉茉頭一暈，連忙再次確認，「我媽送醫院了？」

「對啊，她擔心了一整個晚上沒睡，今天工作時在店裡昏倒了，我幫她叫了救護車，到醫院的時候就直接進手術房了。」老闆娘滔滔不絕地說：「妳媽媽的病這麼嚴重，妳怎麼還讓她這麼操心啦！」

溫茉茉深吸一口氣，胸腔中的疼痛使得她勉強冷靜下來，「那我媽現在呢？」

「說是送加護病房了，她一直惦記著妳，所以我才過來看看。」老闆娘不認同地望著溫茉茉，「等妳當了媽媽就知道，小孩徹夜未歸會多憂心。」

「我知道，對不起。我媽送到哪間醫院了，我現在過去看她。」

老闆娘報出醫院的名字，「妳現在去也見不到人啊，加護病房晚上七點才開放探視。」

「我先去醫院了解情況。」溫茉茉說完又用力咳了幾聲，「謝謝妳。」

「不用客氣啦。」老闆娘見溫茉茉咳成這樣，也不好意思再多說她什麼，「因爲妳的手機打不通，所以緊急聯絡人那裡我留了我的手機，妳等一下去醫院再改個號碼，不然醫院的人還是找不到妳。」

「好的好的，謝謝妳。」溫茉茉連聲道謝，送走了老闆娘。

她本來要直接去醫院，後來想到自己現在手機錢包都沒有，幸虧剛剛萬南鑫讓助理給了她一些錢，不然她現在可能什麼事都沒辦法進行。

溫茉茉回房穿上外套，而後出門。

她先去電信門市申請手機遺失，補辦一張sim卡，而後利用續約換了一隻零元手機，之後叫了計程車，直奔醫院。

到了醫院才下午五點多快六點，距離加護病房探視的時間還有一小時。

溫茉茉先到櫃檯更改了電話號碼，由於還有晚間門診的緣故，所以就算已經六點了，醫院裡還是充斥著不少人。

好不容易改好資料，溫茉茉便坐在加護病房外頭的等候椅上。

自己在醫院實習的時候都沒感覺，角色對調後，她坐在醫院的等候椅上，才發現日光燈慘白得讓人心情很不好。

她明明應該利用此時的空檔下載一些手機必須的APP，可是她現在只覺得心力交瘁，什麼都不想做。

溫茉茉半靠著柱子假寐，迷迷糊糊之間，居然看見了溫母朝她走過來。

「媽？」溫茉茉困惑地看著她，「妳不是在加護病房嗎？怎麼出來了？」

「茉茉，我要走啦，妳一個人也要好好過日子。」溫母一如既往地溫柔，她抬手摸了摸溫茉茉的頭，「要乖乖的，不要做危險的事情，過得幸福一點。」

溫茉茉心上不安，「媽？妳說這個幹麼？」

她依稀知道即將發生什麼事，但她不願意相信。

溫茉茉伸手抱住了溫母的腰，哭著說：「不要走，妳不要走。」

溫母沒有說話，輕輕地拍拍她的背。

「媽，我不是故意一整個晚上不回家的，妳不能這樣對我！」溫茉茉淚如雨下，「我以後再也不會這樣了！」

「沒關係，妳已經長大了，妳自己懂分寸。」溫母聲音輕柔。

「不，我不知道，妳不能走，妳走了我就是孤兒了！」溫茉茉哭喊著。

溫母安靜地抱著她。

下一秒，手機鈴聲如雷般響起，溫茉茉嚇得從椅子上跳起來，接通之後，居然是醫院打來的病危通知。

「我就在加護病房外面！讓我去看我媽！」

她吼完，加護病房那頭的門就開了，護士連忙朝她招手，「溫小姐！這裡！」

溫茉茉衝上前去，按照指示迅速套上了無菌服。

加護病房裡的溫度比等候區更低，但此刻的溫茉茉感受不到。

她跑到溫母的病床邊，才剛握住溫母的手，溫母的那一口氣就散了。

她甚至來不及說一個字，喉中的呼喚還哽在那裡，溫母就離世了。

「媽！」溫茉茉頓時力氣被抽空般在床邊跪了下來，「媽！對不起！對不起！」

她哭得連見慣了這種場面的醫生和護理師都為之鼻酸。

「溫小姐……」護理師拍了拍她的肩膀，「讓溫太太好好走吧，妳這樣哭，她會牽掛。」

溫茉茉咬著牙，忍著哭聲，聽醫生宣布死亡時間。

那一瞬間，她覺得自己心中的一部分也死去了。

她忍著胸口的噁心感，走到醫生前，盡量平心靜氣地問：「醫生，我媽……的死因是什麼？」

醫生看著她蒼白卻又病態發紅的臉頰，嘆了口氣，「因為高血壓導致腦瘤破裂。」

聽到答案的瞬間，她的思緒一片空白，最後只是木然地點點頭，「謝謝。」

醫生看著溫茉茉跌跌撞撞回到溫母的病床邊，不忍地走出了加護病房。

這種時候，醫院通常會留一點時間，讓家屬跟離世者告別。

溫茉茉握著溫母的手無聲地流淚。

都是她的錯，她一整晚沒有回家，讓溫母擔心得血壓竄高。

是她的錯。

她明知道蘇玄雨身邊充滿危險，她為什麼還要跟他出去？

✦

蘇玄雨度過了危險期，得到醫生允許之後，萬南鑫便將他轉到市中心的教學醫院就近照顧。

等到他醒來的時候，已經是轉院後兩、三天的事了。

「溫茉茉呢？」

蘇玄雨清醒之後的第一句話，問的就是溫茉茉。

「她回家了。」助理推了推眼鏡，「老闆囑咐我在這裡照顧少爺，有事的話，請儘管吩咐我。」

「怎麼稱呼？」蘇玄雨淡淡地問。

「我姓薛，薛知歷。」薛知歷頓了頓，習慣性地再扶了下眼鏡，「少爺可以叫我小薛，或是薛特助。」

蘇玄雨瞥了他一眼，薛知歷就是他印象中成績好的那票人的樣子，一副高傲且難以親近的菁英嘴臉。

「那我就不客氣了，小薛。」蘇玄雨眨了眨眼，「溫茉茉回家時情況好嗎？」

「肺炎，醫生不建議溫小姐出院，但她堅持。」薛知歷停了幾秒，見到蘇玄雨探問的眼神，又道：「少爺還有什麼想問的嗎？」

蘇玄雨靜默了一會兒，慢吞吞地說：「她醒來後有沒有提起我？」

「有的，溫小姐跟老闆說了事情發生的經過，並且曾經表示，會來探望您。」

蘇玄雨皺皺眉，「距離她回家到我醒來隔了幾天？」

「今天是第四天了。」

「她還有再聯絡過你們嗎？」

「溫小姐沒有聯絡我，至於有沒有聯絡老闆，我不清楚。」

蘇玄雨思忖片刻，「手機借我，我打給她。」

薛知歷拿出了手機，找到了溫茉茉的頭像，點開對話視窗之後，才遞給蘇玄雨。

蘇玄雨想也沒想地按下了通話。

手機響了幾聲之後，被人接了起來。

「你好，薛特助。」手機那頭傳來的是溫茉茉疲憊而粗啞的聲音。

「我是蘇玄雨。」

溫茉茉安靜了幾秒鐘，淡默地說：「你醒了。」

「對，妳還好嗎？」

這個問題問完之後，蘇玄雨等了好一陣子都沒有等到對方的回音，正當他以爲是手機斷訊的時候，他聽見了溫茉茉啜泣的聲音。

「妳在哭，爲什麼？」

溫茉茉說不出話，她一點都不好，但是這話說了又有什麼意義？

「妳在哪裡？我去看妳。」

「不用了。」溫茉茉強迫自己壓抑情緒，「我沒事。」

「不行，我不放心。」蘇玄雨不容她拒絕，「妳在家嗎？」

「蘇玄雨，你別過來，我還沒想好要怎麼面對你。」溫茉茉忍不住深呼吸了幾次，引來一陣劇烈地咳嗽。

溫茉茉咳得撕心裂肺，聽著這聲音，蘇玄雨覺得自己的胸口也跟著痛了起來。她病得這麼嚴重，一聽就還沒痊癒，這樣可以出院？

蘇玄雨心裡疑惑，不過並沒有問出口。

等到溫茉茉的咳嗽聲緩解了一些之後，他才開口：「什麼叫還沒想好要怎麼面對我？」

溫茉茉吐了一口長氣，「我媽過世了，就在我們困在……」她這一句話尚未說完，便被哭泣中斷。

好半晌之後，他聽見溫茉茉在手機那頭斷斷續續地道：「我媽本來就身體不好，她……因為擔、擔心我，一整個晚上沒睡，高血壓導致腦瘤破掉，就、就這樣……過世了。」

語畢，她又是一連串劇烈地咳嗽。

蘇玄雨沉默了，他甚至連節哀順變都說不出口。

都是他的錯。

溫茉茉本來會有平安順遂的一生，因爲認識了他才經歷危險，還病得這麼嚴重。

如果那天晚上他早點把溫茉茉送回家，也許溫母不會死。

兩人雖然保持著通話，但是其中卻只有溫茉茉的抽咽聲。

「妳是不是……覺得都是我的錯？」蘇玄雨很艱難地問出這個問題，「所以……才不知道怎麼面對我？」

那一瞬間，溫茉茉像是被人按下了暫停鍵，不僅是呼吸聲，連哭聲都靜止了。

好幾秒後，蘇玄雨聽見溫茉茉在那頭說：「我怪的是我自己。」

「那就是怪我了。」蘇玄雨明白地點點頭，「對不起，溫茉茉，是我的錯。」

「那有什麼用！」溫茉茉忽然情緒爆發，本來就沙啞的嗓子變得更加駭人，「如果認錯，我媽能回來，那都是我的錯……又有什麼關係？」

她的聲音越來越小，蘇玄雨還來不及安慰她，溫茉茉已經掛斷了電話。

蘇玄雨握著手機低著頭，一言不發地把手機還給薛知歷。

耳邊忽然傳來了爆炸的聲響，蘇玄雨恍神地朝窗外看，一朵朵金橙紅綠的煙花在夜空中炸開。

「過年了嗎？」

「已經初二了。」

蘇玄雨半閉著眼睛，喃喃自語：「初二啊……」

所以溫茉茉這幾天，一個人在處理溫母的後事嗎？

她記得溫茉茉的父親在她國中的時候就過世了，那她還有其他的親戚可以幫她嗎？

每想一個問題，蘇玄雨的心口就鈍痛一下，他不敢想像，這幾天溫茉茉是怎麼度過的？

蘇玄雨突地撇頭問薛知歷，「你怎麼不回家過年？」

「老闆說，給我三倍薪水，過完年還讓我補休。」薛知歷絲毫不隱瞞。

蘇玄雨被薛知歷說的話逗得微勾嘴角，「這算是爲了五斗米折腰？」

薛知歷不爲所動，「現在過年要輪班的職業也很多，不是只有我爲了五斗米折腰。」

「說得好。」蘇玄雨的視線再度轉向窗外，「小薛，你以前念書的時候想當什麼樣的大人？」

「啊？」

「我以前念書的時候，最看不慣你們這種資優生了，只不過是會讀書而已，有什麼了不起的，天天跩得要命，光看就不爽。」

「那還眞是抱歉。」薛知歷推眼鏡，「會讀書確實沒什麼大不了的。」

「其實我也滿會念書的。」蘇玄雨嘲諷一笑，「可是我就是對你們嗤之以鼻，覺得你們終究會變成我最討厭的那種朝九晚五的上班族。」

薛知歷沒接話，他可不只朝九晚五，算起來應該是朝九晚十。

「可是我如今卻很羨慕你們。」蘇玄雨看著他，笑了一下，滿是滄桑，「我現在回頭還來得及嗎？」

「來得及。」薛知歷斬釘截鐵。

「哦？」蘇玄雨挑眉，「你在安慰我？」

「沒有，我說的是實話。你是萬南鑫的孫子，你出事了會有人保你，你迷途知返，會有人騰位置給你。你可以肆無忌憚，放肆地生活，而我不行，我每一步都走得小心翼翼。因爲我知道我一旦犯錯了，就沒有重來一次的機會，不會有人拍拍我的肩膀對我說『沒事』。」薛知歷露出了一個疑似是笑容的表情，「這才是我們之間最大的不同。」

蘇玄雨對於薛知歷講出這段話感到意外，「唉唷，很酸很酸。」

「不，我只是早早就認清了人生中的各種不公平。有些人天生就有許多資源，有些人沒有，正因爲如此，我才能一直往前走。」薛知歷的情緒毫無波瀾，「少爺，你就是天生資源豐富的那些人。」

「你嫉妒我嗎？」

「不，就算我嫉妒你，也不會變成你。」薛知歷漠然地望著他，「何況你有什麼可羨慕的？你並沒有利用你的資源滾動出更大的優勢，看看現在的你……」

「少爺，恕我直言。」薛知歷勾勾嘴角，「你就算滿身資源，也活得比一般人更差。」

蘇玄雨被薛知歷說得放聲大笑，「薛知歷，你很瞧不上我是不是？」

薛知歷聳聳肩，「不知道少爺有什麼地方能讓我瞧得上？」

「老頭子知道你這麼跟我說話嗎？」蘇玄雨打趣地問。

「老闆只要我照顧好少爺，並沒有囑咐我應該把少爺捧在手心。」

兩人對峙了片刻，蘇玄雨首先敗下陣來。

他擺擺手，「說不過你。」

「好說。」

「能拜託你一件事嗎？」蘇玄雨忽然開口。

「請講。」

✦

溫茉茉木然地在靈堂前折著金元寶，她腳邊放著一個塑膠袋，裡面是已經折好的金元寶，還有沒折過的紙。

過年這幾天都沒有適合出殯的日子，要一直等到初四才能出殯。

溫母過世的時候，她昏倒在醫院裡頭，醒來之後，護理師通知她溫母已經被移到太平間了。

一切發生得太突然，她根本手足無措，此外，大過年的也不知道應該打電話向誰求助。

幸好在這科技發達的時代，有什麼不懂的就先google，十之八九都能找到相關資訊。

她查閱了不少文章，物色了一間看起來風評不錯的殯儀館，跟他們聯絡之後，先把溫母的遺體運至殯儀館，然後才跟工作人員討論相關事宜。

因爲手頭不寬裕，她選了最便宜的方案。好在殯儀館的工作人員保證，就算是最便宜的方案，他們同樣準備齊全，也會請和尚、道士來誦經，好讓溫母來世投胎在好人家。

溫茉茉沒有在家裡設置靈堂，而是決定在殯儀館裡架設，主要是怕過年期間打擾左鄰右舍，另外則是因爲她們已經很久沒有與親戚聯絡了，照理說並不會有太多人上門祭拜。

溫父過世之後，母女二人的經濟狀況並不好，起初經常跟親朋好友借錢周轉，還錢的速度也不算快。這幾年溫母的病愈發嚴重之後，更加沒有體力和精力和親友交際，一來二去，基本上沒剩多少個還有來往的親戚。

溫茉茉這幾天，要不是在家裡摺紙蓮花，就是在靈堂前疊金元寶。

最初她還會看著溫母的遺照掉眼淚，可是重複式的機械動作做多了，她的情緒也漸漸僵化。

直到接到了蘇玄雨打來的電話，她的情緒才在那一瞬間潰堤，她壓抑了幾天的憤怒，一點也不客氣地朝著蘇玄雨傾洩。

她氣自己，也氣他。

如果沒有認識他……如果他不是這麼危險的人就好了！

她知道自己的想法毫無道理，可是她就是克制不住這麼想。

她也曉得，溫母……本來就是這一、兩年的事情，但她邊疊著金元寶邊想，如果不是他，或許溫母還能多活幾天、幾個月，就算只多一天都好啊……

「溫小姐。」薛知歷的聲音輕輕淡淡地落在她頭頂。

溫茉茉茫然地抬起臉，想了幾秒之後才反應過來，「薛助理。」

「我來給溫夫人致哀。」

「啊，好的。」

溫茉茉沒有問他怎麼找到這裡來的，只是撐著發麻的腿起身，走到靈堂前點了幾支香，「謝謝你。」

「應該的。」薛知歷接過香，恭恭敬敬地默念了幾句，而後把香插入香爐。

溫茉茉站在一旁，等到薛知歷上完香之後，才又盤腿坐了下來。

「抱歉，我得把握時間，多折幾個金元寶跟紙蓮花。」溫茉茉無精打采地說。

現在這個關頭，她確實沒心思社交。

薛知歷看著她清瘦的身形和慘白的臉色一眼，儼然比前幾天在醫院看到她時，更加憔悴了。

他坐了下來，「我也來幫忙。」

溫茉茉一頭霧水，「你沒有別的工作？」

薛知歷朝她微微笑，「蘇先生讓我來幫妳處理瑣事，要是有什麼意外，多一個人也多一份力量。」

溫茉茉垂下眼簾，還沒想好要不要接受，又聽見薛知歷問：「溫夫人什麼時候出殯？」

「明天。」溫茉茉勾了勾嘴角，「我家沒有這麼多規矩，我也不想拖，人家說入土爲安，我想我媽應該也是這麼想的。」

「那塔位找好了嗎？」

「找好了，我媽本來就……」溫茉茉頓了幾秒，「她知道自己可能活不久，所以提早準備好了。」

薛知歷頷首，「原來如此。」

溫茉茉用力地吸一大口氣，滿胸腔都是線香和蠟燭的氣味，可以鎮定人心，卻也令人胸悶。

她重重地咳了幾下，這一咳彷彿就停不下來似的，好一會兒才止住。

「溫小姐有去回診嗎？」

「我都有按時吃藥……」溫茉茉避重就輕地回答。

「但妳的情況看起來並不好。」

溫茉茉忽然抬起頭，慘然一笑，「我媽過世了。」

薛知歷愣了一瞬，最後只道：「保重。」

「謝謝。」

兩人的對話到此中止。

薛知歷沒有再開口搭話，溫茉茉亦然。

過了幾個小時，溫茉茉數了數已經疊好的金元寶，啞著嗓子道：「夠了。」

「紙蓮花呢？」

「我自己來就可以了。」

「明天就要出殯了，來得及嗎？」

薛知歷的提問讓溫茉茉呆住了，這段日子她只顧拼命地折，根本沒有認眞想過，這麼做到底來不來得及。

「我幫妳吧。」薛知歷起身，朝她伸出手，「但現在我們先去吃點東西。」

「我不餓。」

「不吃東西怎麼有力氣繼續摺？」薛知歷反問。

溫茉茉本來想辯解些什麼，最終還是撐著自己的腿起身。

薛知歷收回自己的手，插進口袋裡。

「蘇玄雨到底讓你做什麼？」溫茉茉半是抱怨。

「幫妳處理溫夫人的後事。」

溫茉茉笑了下，聲音飽含說不出的嘲諷。「那還真是感激他。」

「想吃什麼？」薛知歷停了下，「我建議妳可以選昂貴的東西吃，這些我回去都能報公帳。」

溫茉茉知道薛知歷是想讓她放鬆一點，但她笑不出來，只能搖搖頭，「不用了，隨便吃點就行了。」

「也可以。」薛知歷是奉旨辦事，當然全依溫茉茉的決定執行。

他領著溫茉茉走到車前，替她開了前座車門。

等到車子緩緩上路之後，溫茉茉才又問：「你打算待到什麼時候？」

「把溫小姐送回家之後，我就離開，明天我會到靈堂陪妳處理後續的雜事，幾點到比較方便？」

「不必了吧？」溫茉茉想起蘇玄雨，複雜的情緒在她胸口蔓延，「殯儀館的人會幫我處理。」

薛知歷淡淡地說：「妳的臉色並不好，稍微有點良心的人，都不會在這種時候拋下妳不管。」

大概是良心這兩個字觸動了溫茉茉，她沉默了一會兒，「蘇玄雨好嗎？」

「脫離危險狀態之後，就恢復得不錯了。」薛知歷頓了頓，「他已經可以在看護的幫忙下，下床走幾步了。」

「他流了這麼多血，有什麼後遺症嗎？」

「沒有，現代醫學很發達，他的情況乍看凶險，挺過了就沒事了。」

溫茉茉壓下胸口灼熱的疼痛感，不再追問，轉頭看向窗外的街景。此時的路況有點堵塞，車子走走停停。

過年期間，到處都喜氣洋洋，但她坐在車子裡，與外界的氛圍隔離，像是跟這一切沒有關係一樣。

在她安靜的這段時間，車子停在一間麵館前。

「這麼冷的天氣，喝點熱湯吧。」薛知歷將引擎熄火，「這裡也有提供素食拉麵，如果溫小姐——」

「薛特助。」溫茉茉定定看著他。

「嗯？」

「如果你是我，你會原諒蘇玄雨嗎？」溫茉茉的臉隱沒在陰影之中，一雙眼睛卻亮得嚇人。「我知道不是他的錯，可是我依舊沒辦法原諒他，也沒辦法原諒我自己，我該怎麼辦？」

薛知歷聽得出來她沒哭，也聽得出來溫茉茉話語中的徬徨。

「我的答案對妳來說毫無意義，就算我說會，妳也不會因此原諒他；我說不會，溫夫人也不會因此復生。」薛知歷推推眼鏡，「溫小姐，如果我是妳，我就會把這個問題放一放。或許等到時間過去，妳已經不愛蘇先生了，那麼原諒與否，又有什麼差別？」

「你覺得我愛他嗎？」

「如果不愛，何必糾結？」

✦

溫母的葬禮，來弔唁的人不多，除了左鄰右舍之外，親戚只零零星星來了幾個，上香致意之後，就都離開了。

讓溫茉茉比較意外的是，她見到了蘇玄雨。

蘇玄雨撐著枴杖，一步一步走進靈堂，接過工作人員遞來的香，慢慢跪了下來。

溫茉茉原本止住的眼淚，又淌流不休。

「伯母，都是我的錯。」蘇玄雨舉著香，彎腰躬身。

「從今以後，我會好好照顧溫茉茉。」蘇玄雨抬頭看著溫母的遺照，「以後我有一口飯，就有一口她的，她想念書我幫她出學費，她想嫁人我幫她置辦嫁妝，妳放心，我絕對說到做到。」

說完了話，他再鞠了個躬。

蘇玄雨想站起來，然而他腿腳有傷，手上又持香，因此整個人歪歪斜斜的，好不容易在工作人員的攙扶下才順利起身。

他把香插進香爐裡，走到溫茉茉面前。

「我知道都是我的錯，我不會要求妳原諒我，但我會負起責任。」蘇玄雨停了幾秒，手指動了動，終究只是握緊了楞杖，「節哀。」

溫茉茉用力閉上眼，咬緊著牙關，眼淚卻還是順著臉龐流下，等她再睜開眼睛時，蘇玄雨已經離開靈堂了。

溫茉茉抿緊了唇，淚眼矇矓地看了一眼溫母的遺照。

媽，妳會原諒他嗎？

妳會原諒我嗎？

溫茉茉在內心無聲地提問。

等到賓客都上完香，溫茉茉按照殯儀館工作人員的指示，將葬禮的儀式一步步完成，而後把遺體送進火化場。

工作人員點火之前告訴她：「妳要喊妳媽媽，叫她火來了要跑。」

溫茉茉看著這個巨大的機器，喉嚨如同被掐住般，只能發出微弱的聲音，像是野獸將死的嗚咽。

「媽，火來了，快跑。」她紅著眼睛，手上捏著濕了又乾，乾了又濕的手帕，微微發顫。

「說好了嗎？」火化場的工作人員問。

他在這裡工作很久了，什麼樣子的家屬都見過，有那種一路哭著喊進來，令人生怕下一秒她就哭暈了的，自然也會有木然僵化的。

溫茉茉點點頭，「好了。」

工作人員按下啓動按鈕後，領著她走出這個空間。

「附近休息一下，兩個半小時之後會叫號。」工作人員指向附近的櫃檯，「妳要去那裡領妳媽媽的骨灰。」

「好的。」溫茉茉揉著發疼的太陽穴，在家屬休息區找了個位置坐下。

「要喝什麼嗎？」薛知歷見她臉色發白，關心地問。

「有水嗎？」溫茉茉啞著聲音。

「有。」薛知歷扭開了瓶裝水遞給溫茉茉，「還好嗎？」

溫茉茉喝了口水，點點頭，出神地看著面前桌子的其中一角。

天氣本就寒冷，就連坐在室內都讓人一陣陣地發寒，窗外又淅淅瀝瀝下起雨來。

薛知歷打量著溫茉茉，覺得她下一秒突然就昏倒了，自己也不會太意外。

「今天葬禮來的人不多。」薛知歷找話跟溫茉茉聊，他自己倒不怕場面尷尬，只是想分散一下溫茉茉的注意力。

溫茉茉呆了幾秒鐘，「我的外公外婆、祖父祖母都過世了，我爸過世之後，起初部分親戚還有來往，後來漸漸斷了聯繫，跟舅舅那邊也是。」

「那妳媽沒有其他朋友之類的嗎？」

溫茉茉搖頭，「年輕時候的朋友幾乎都沒有了，這幾年跟我們來往比較多的都是鄰居，今天來的大致上也都是鄰居。」

薛知歷頷首，然後兩人就無話可說了。

室內很安靜，只有空調運轉的聲音，大約來這裡的人，都不會太吵鬧。

溫茉茉冷不防摀著嘴咳了起來。

她每次咳都咳得像是要把肺給咳碎了一樣，那聲音光聽就覺得疼。

這兩天相處下來，薛知歷也算是習慣了，知道溫茉茉不咳則已，一咳就一定是現在這種樣子，他每每懷疑溫茉茉是不是都忍到不能忍了，才乾脆一口氣咳個過癮。

薛知歷從隨身的包包裡抽了一張面紙給溫茉茉。

溫茉茉咳得眼淚、鼻涕都流出來了，她才剛伸出手要拿，兩人都愣怔了一瞬。她的掌心中有著鮮紅的血液。

溫茉茉眨了下眼睛，換另外一隻手接過薛知歷手中的面紙，迅速擦了擦，「可以再給我一張嗎？」

「好。」薛知歷很鎮定，又快速地抽了一張給她，最後乾脆把一整包面紙放在溫茉茉面前。

溫茉茉把手擦拭乾淨，「我去一趟洗手間。」

「好。」

薛知歷看著她走遠後，立刻掏出手機查詢醫院的門診時間。

溫茉茉站在洗手間裡，看著自己蒼白蠟黃的臉色，不由得苦笑了下。

就她的推測，剛剛的咳血恐怕是因爲咳得太用力，導致支氣管受損，看起來雖然驚悚，但應該不嚴重。

她確實得趕緊回醫院再檢查一次，口服抗生素的效果就是沒有注射好，即使她一餐不落準時吃藥，仍一點起色都沒有。

不過也有可能不是藥的問題，而是這幾天事情太多，她根本沒辦法好好休息。哪怕她強迫自己躺在床上，也一點睏意都沒有，直到身體撐不住了，才勉強在天亮之前入睡，可是睡沒幾個小時又醒來。

就算是個健康的人都經不起這樣的耗損，更何況是本來就身體虛弱的溫茉茉。

她洗了把臉，消瘦的臉頰此時看起來更加可憐。

溫茉茉扶著頭，今天頭痛得厲害，就算剛剛吃了止痛藥，也沒能有效減緩不適，她懷疑自己發燒了，而且溫度可能不低。

溫茉茉告訴自己，再撐一下子，等到把骨灰送進靈骨塔，她就能去看醫生了。

不知道是不是錯覺，她覺得每呼吸一次，胸口就熱辣辣地燒著，這逼得她不得不靠在牆上休息片刻，才稍微緩了過來。

溫茉茉推開化妝間的門，她一手摀著胸口，一手扶著牆，慢慢地走了出去。

還能忍一會兒。

她走了幾步，天旋地轉的感覺襲來，她下意識地想蹲下，卻因爲頭太暈，無法維持平衡，直接倒在地上。

「溫茉茉！」一旁有人跑了過來，喊著她的名字。

溫茉茉勉強自己睜開眼睛看著來人，她原以爲是薛知歷，直到那人奔至她面前時，她才發現是蘇玄雨。

蘇玄雨把枴杖往旁邊一扔，坐在地上把她抱在懷中，他一手還打著石膏，另外一隻手摸了下她的臉頰，「溫茉茉，妳在發燒。」

「我知道。」溫茉茉全身癱軟無力，就連要推開蘇玄雨都辦不到。

「少爺？」薛知歷早在溫茉茉暈倒的那瞬間就注意到了，但他離得有點遠，因此現在才到他們身邊。

蘇玄雨受傷的手腳尚未痊癒，兩個病患就這樣一起癱坐在地，給人一種淒涼感。

薛知歷嘆了口氣，彎下腰，把溫茉茉打橫抱了起來。

「少爺，你能自己起身吧？」

蘇玄雨頷首，扶著枴杖，緩緩地站起來。

薛知歷把溫茉茉放在一旁的椅子上，方才那一陣暈眩的感覺過去，溫茉茉已經好了一些。

「妳要去急診嗎？」薛知歷問。

溫茉茉搖搖頭，「等我把我媽的骨灰放進靈骨塔之後再去吧。」

「妳撐得住嗎？」

「不行也得行。」溫茉茉喘了幾口氣，感覺自己吐出來的氣息，溫度都燙得嚇人。

蘇玄雨靜靜地站在一邊，幾次他想安慰溫茉茉，卻發現自己開不了口。

他比薛知歷還不如。

或許就是因爲他們兩人之間發生過了太多事，所以自己反而比不上一個素昧平生的人。

薛知歷與溫茉茉之間，無愛也無怨，因此可以很坦然地關心對方。

反觀他……

他有多想把她抱在懷中，跟她說一切有我。

可是他又有什麼資格？

第九章

溫茉茉把溫母的骨灰送進靈骨塔之後，就在車上徹底昏睡。

蘇玄雨跟薛知歷沒有喊她，這幾天她已經耗盡精力了，索性讓她好好休息。

她病得很重，剛送進醫院的時候，一度因爲肺炎引發的敗血症進了加護病房。

那幾天溫茉茉總是昏昏沉沉的，只隱約記得有人來探望她，但是那個人對她說的話，她幾乎都聽不見。

等到她情況好轉，換到普通病房之後，整個人已經瘦了一大圈。

溫茉茉躺在床上，看著窗外的陰雨天。

門上傳來幾聲敲門的聲音，看護去開了門，來人是宋涵秋。

「溫茉茉，妳——」宋涵秋本來想臭罵溫茉茉一頓，但看她瘦得只剩一把骨頭，便怎麼都罵不出口。

「妳怎麼病成這樣？」宋涵秋把帶來的雞湯跟水果往她床頭櫃上放。「敗血症的死亡率高達百分之三十！妳再傷心也不能這樣無視自己的健康。」

「我也不想。」溫茉茉的聲音裡帶著灰敗和滄桑，「可是我媽過世了，我總得操辦完她的喪禮，我家就剩我一個人了。」

宋涵秋無言了片刻，最後只是嘆息，「這方面我也不懂，不然我也可以幫妳。」

「大過年的，妳不嫌晦氣啊？」溫茉茉似笑非笑地說，「反正都過去了。」

「……說得也是。」

宋涵秋順著她的目光往外看去，高樓層病房的窗戶視野不錯，只可惜天氣總是灰濛濛的。

「茉茉，喝點湯吧。」宋涵秋盛了一碗雞湯，「這是我媽燉的，特地去市場挑的烏骨雞，聽說最適合病人喝。」

「謝謝。」溫茉茉慢慢喝著。

她喝湯的時候，宋涵秋又道：「一個星期後就要開學了，妳能出院嗎？」

「應該可以吧，我晚上再問問醫生，但是也很難說，畢竟是肺炎加敗血症，抗生素的療程得走完，而且我上次已經中斷一次了，這次不能再冒險。」

「不然妳休學半學期吧？」宋涵秋提議，「反正我也要延畢一年，妳剛好跟我一起。」

「我還是想一鼓作氣趕快念完。」溫茉茉放下手中的碗，「而且我不像妳還有個輔系要念，我休學半學期在家要幹麼？」

「養病啊。」宋涵秋理直氣壯。

「算了。」溫茉茉垂下眼簾，「我怕我閒著會胡思亂想，不如忙一點。」

「妳說得也對。」宋涵秋想起溫母新喪，溫茉茉又沒有其他親人了，沒人照顧，一個人待在家裡，搞不好直接悶出憂鬱症來。

兩人安靜地坐了一會兒，宋涵秋又揀了幾件過年期間發生的趣事跟她說，直到見到溫茉茉臉上露出了疲態，才離開病房。

宋涵秋離開之後，溫茉茉很快就睡著了。

她醒來的時候，已經到了吃晚餐的時間，就算醫院本身有供餐，但薛知歷還是替她訂了額外的營養餐。

看護把床上桌架起來，替她打開了飯蓋。

她只吃了幾口，薛知歷就來了。

「今天狀況還好嗎？」薛知歷在床邊坐下，看了一眼飯菜，「吃得習慣嗎？」

「嗯，還不錯。」溫茉茉嚥下嘴裡的東西，「今天怎麼來了？」

「少爺讓我來看看妳的情況，順便問醫生妳還要住院多久，快要開學了。」

溫茉茉有點驚訝，「他怎麼知道？」

「你們學校官網上有行事曆。」

「也對。」溫茉茉繼續吃了幾口，察覺到薛知歷的視線，忍不住問：「你餓嗎？要一起吃嗎？」

薛知歷低低笑了幾聲，「這倒不用。」

「那你盯著我看幹麼？」

「我在思考，妳現在在想什麼？」

「想著讓病趕快好起來。」溫茉茉想也沒想地就答。

「然後呢？」

「把實習做完，考過國考，工作，還錢。」

「還什麼錢？」

「學貸還有我住院的錢。」溫茉茉請看護再盛了一碗雞湯給她，喝了幾口，「我本來是想等出院之後再跟你說的，既然現在提到了，那我就先講一聲，請你到時候把這段時間的花費告訴我。」

薛知歷樂了，「妳想還錢？我老闆不缺這一點錢，而且這也是妳應得的。」

溫茉茉沒說話，靜靜地吃著晚餐。

「話說這幾天，少爺已經進公司準備開始工作了。」薛知歷也不管溫茉茉想不想聽，逕自說：「雖然是從基層做起，但老闆很高興，問我到底發生了什麼事，我把有關妳的部分都說了。」

「你說了什麼？」

「說少爺如今心上有一個人，她想念書他要負責出錢，她要結婚他要負責準備嫁妝，所以才回歸正道，不再浪費時間。」

溫茉茉愣了幾秒，搖搖頭，「這跟我沒有關係。」

「這話也就只有妳信而已。」

溫茉茉沒有多餘的力氣與精神跟薛知歷爭辯，因此沉默不語。

「老闆很感謝妳。」薛知歷看著她說，「少爺的母親是老闆唯一的女兒，當初要嫁給少爺父親的時候，老闆是不答應的，甚至撂下了狠話，說嫁了的話就再也不認她當女兒。」

溫茉茉抬起頭看著他，專心聽他說故事。

「所以直到少爺的母親過世，老闆仍拉不下臉來，可是眼見少爺一天一天墮落，他其實很擔心。」

「要是眞的擔心，爲什麼放任他墮落？」溫茉茉不懂，蘇玄雨會有今天，難道不是萬南鑫自作自受嗎？

倘若萬南鑫早在他母親過世時，就把蘇玄雨接到自己身邊，好好關心他，情況不會變成現在這樣。

「我老闆要是擅長教育小孩，就不會說出『嫁了的話就再也不認她當女兒』這種話了。」薛知歷笑了下，「何況我老闆一直認爲，男孩子是管不了的，除非是他自己眞心想要做一件事情。」

薛知歷見她沒有回應自己，也不以爲意，「妳知道人生中什麼最難能可貴嗎？」

「什麼？」

「浪子回頭。」薛知歷直勾勾地盯著溫茉茉。

「是嗎？」溫茉茉彎了彎嘴角，她沒發覺自己露出了這樣的表情。

「妳不覺得嗎？」

溫茉茉看向窗外，並不回答這個問題。

「我開學前可以出院嗎？」

「醫生還要再評估，如果按照目前的進度，應該沒有問題。」

「那就好。」

薛知歷又坐了一會兒，見溫茉茉沒什麼話要跟他說了，便起身要走。

「謝謝你來看我。」

「沒什麼，應該的。」薛知歷禮貌性地朝她微笑，轉身離開病房。

其實早在聽見是蘇玄雨要薛知歷過來看她的時候，她就已經吃飽了，但是當下心亂如麻，所以機械式地繼續動作，等到薛知歷離開，她才發現自己吃撐了。

她起身下床，對看護擺了擺手，「我去外面走一走，消化一下，妳也去吃東西吧。」

看護不太放心，「不用跟著嗎？」

「不用。」溫茉茉客氣地拒絕，「辛苦妳了。」

「不會、不會。」看護實在摸不准溫茉茉的脾氣，平時她在病房裡都很安靜，整個人暮氣沉沉的，可是要說她沒有求生意志，卻又不是這樣。

她幾乎可以算得上是一個配合度極高的病人，醫生的醫囑她都完全照做，薛特助訂的營養餐，她也幾乎都能吃掉一半以上。

然而從她的角度來看，這沉默的小姑娘一點活力都沒有，死了或是活著對她來說好像都無所謂。

溫茉茉出了院，跟著學校安排的計畫繼續到醫院實習，學校還特別開了國考溫習班，找老師幫他們複習國考重點，每週兩堂，不收學費，也不算學分。

溫母過世之後留了一小筆錢給她，足夠讓她度過這半學期了，只是溫茉茉不希望自己太閒，所以依舊在麵包店打工。

上學期溫茉茉就把自己差的幾個學分都補上了，所以這學期基本上除了實習，其餘的時間她都拿來念書。

時間很快過去，一轉眼就入夏，她的實習也結束了。

後來這段時間，她沒事就整天泡在圖書館裡準備國考，直到考完國考，時序也已經到了八月。

考完最後一科，她跟宋涵秋走出考場的時候都鬆了一大口氣。

溫茉茉自從考完大學之後，就沒有這麼壓抑過了，整天有十個小時都在念書，念得兩眼昏花，除了專業科目之外，其他東西都不重要。

她的喪母之痛，也被這樣的壓力給沖散了不少，儘管現在回想起來，胸口還是隱隱作痛，但至少不像事發那幾天，她總覺得窒息，隨時都有可能失去意識。

當然，這也許是因爲她的病已經痊癒了的緣故。

不過大概是因爲當時病得太重，記憶過於深刻，她的身體把這兩件事情連結在一起，當溫茉茉想起溫母的時候，就會覺得胸口發疼。

「考完試了，妳想幹麼？」宋涵秋挽著溫茉茉的手臂，「我們出國玩吧？」

「啊？」溫茉茉沒預料她會這麼提議，「妳怎麼想一齣是一齣的？」

「我老早就想出國玩了，就是在等考完國考。」宋涵秋邊走邊說，「反正妳也沒事了，跟我一起去吧，姑且當作畢業旅行了。」

他們班沒什麼向心力，小團體又多，誰都不想跟不熟的人一起去旅行，加上七月底就要國考，所以班級畢業旅行沒成功辦起來。

「妳想去哪？日本、韓國？」

「我沒什麼想法耶。」

「那就我決定，妳這幾天上網查查流程，把護照辦一辦，其他交給我。」宋涵秋乾脆俐落，「妳放心，我不會選太貴的地方，可能就是日韓或是東南亞五到七天的行程。」

溫茉茉點點頭，就算已經傍晚了，這溫度還是熱得她頭暈。

「我們先找個地方吃晚餐吧。」宋涵秋也熱，拉著溫茉茉往人潮外走。

考場本身是一間藝術大學，附近有不少店家，但有冷氣的餐廳都已經座無虛席，看樣子跟她們想法雷同的人頗多。

兩人走了好幾個街口，才找到一家美式漢堡店。

「不行了，再不坐下來休息我就要休克了。」溫茉茉撫著胸口，喘個不停。

「妳最近有沒有回醫院檢查看看啊，怎麼感覺妳的肺炎沒好全。」宋涵秋翻看著店家放在店門口的菜單，頭也不回地問。

「哪有空啊。」溫茉茉又喘了幾口氣才終於緩過來，「不過我又沒什麼大礙，就是肺活量小了一點。」

宋涵秋瞥了她一眼，沒接那句話，「妳覺得這家怎麼樣？」

「我沒意見，找個可以休息的地方都好。」

「那就這裡吧，我也熱得受不了了。」宋涵秋推開門，涼爽的冷氣撲面而來，宋涵秋跟溫茉茉瞬間覺得自己被救贖了。

服務生把兩人領到位置上，點好餐之後，宋涵秋拿起桌上的水杯，喝了大半杯的水。

「妳今天考得怎麼樣？」

溫茉茉想了會兒，「應該沒問題，妳呢？」

「我應該也沒問題。」

考生對於分數有種久經磨練的直覺，考完之後，大略都知道自己的分數落在哪裡，雖然不一定百分之百準確，但總是八九不離十。

溫茉茉拿出手機，滑開IG，限時動態中班上許多同學都在慶祝。

溫茉茉手下忽然一頓。

那是蘇玄雨的IG，他今天早上PO了一張照片，是兩顆蘋果，配字寫著：

希望今天的她，平安順利。

她深吸了口氣，關掉手機螢幕。

「欸欸！」宋涵秋猛地戳了戳她的手臂，「妳看那是不是張伯均？」

溫茉茉順著她手指的方向，瞇著眼睛觀察了一會兒，「應該是。」

「旁邊那個是他女朋友嗎？」

溫茉茉皺著眉頭回想幾秒，「我看過她的照片，長得滿像的。」

那張照片還是蘇玄雨拿給她看的。

溫茉茉垂下眼簾笑了下，明明才過半年，這段回憶卻像是上輩子一樣久遠。

「要不要去打個招呼？」宋涵秋問。

溫茉茉拒絕，「不要吧，人家在約會，我們去打擾他們幹麼？」

「說起來也奇怪，你們曖昧了這麼久，結果居然沒在一起。」宋涵秋頗爲銳利的視線打量著她，「你們到底是怎麼沒戲的啊？」

溫茉茉思考片刻，「沒有什麼特別的理由，我們兩個本來也沒有正式交往，然後某一天，他就有女朋友了，而我一向對有女朋友的男生保持距離。」

「妳不覺得可惜嗎？」宋涵秋眨了眨眼睛，「你們好歹是青梅竹馬，結果他有了女朋友就如此生疏。」

「這也沒辦法……」溫茉茉托著臉，「總比讓他女朋友誤會來得好，何況張伯均也沒跟我說什麼，他有女朋友還是他媽來告訴我的。」

「什麼？」宋涵秋的音量陡然拔高，隨後發現自己引起別人注意，又連忙摀著嘴，縮起脖子。

溫茉茉忍不住笑出了聲。

宋涵秋拍了下她的手背，「這事情妳怎麼沒告訴我啊？而且為什麼是他媽告訴妳的？他沒自己向妳解釋嗎？」

溫茉茉無辜地摸著被她拍紅的地方，「他要跟我解釋什麼？他交女朋友又不用我批准。」

「你們不是青梅竹馬嗎？」

「那也不用特別通知我吧……」溫茉茉頓了頓，「我也不是所有事都會告訴他啊。」

「那不一樣，交女朋友是大事！」

「可能是因為我媽剛過世不久，他不知道該怎麼對我說吧？或者想等到穩定一點再說？」溫茉茉倒是沒有像宋涵秋一樣反應劇烈，「每個人都有自己的顧慮。」

「眞不知道要說你們感情好，還是感情差。」宋涵秋搖頭嘆氣，十足老成樣，「果然，人長大了之後，舊情分都會隨風而逝。」

溫茉茉好笑地看她，「亂說什麼，如果他需要幫忙，我還是會盡力幫他，只是現在畢竟跟小時候不同了。」

「這倒是。」宋涵秋了然，「他媽媽幹麼特地告訴妳？」

「沒有特地啦，就是在超市碰到，隨口聊了兩句。」

「我總覺得她是故意的，他媽媽不是一直都不太喜歡妳嗎？」

「反正也不重要了，他媽媽喜歡他女朋友就好，喜歡或不喜歡我沒什麼差別。」

她以前很在意的事情，如今再回頭看，其實也沒什麼大不了的。

「確實。」宋涵秋笑了一下，靠上椅背，「妳沒跟他在一起也好，婆媳關係最難搞，更別說妳婆婆還討厭妳，嫁過去妳肯定吃虧。」

溫茉茉莞爾，「妳想得眞遠。」

「當然。」宋涵秋重重地點頭，「我還想問妳當初生病的時候，怎麼會住單人房？我忍了半年，就怕問了影響妳心情。」

溫茉茉打趣她，「眞難爲妳忍這麼久。」

「所以妳能不能跟我說實話了啊，妳是不是和薛特助有一腿？」

宋涵秋這問題問得溫茉茉一下沒忍住，把剛入口的水都噴了出來。

她本來想跟宋涵秋談談蘇玄雨，結果被這麼一問，反而不想說了。

「沒有，我對薛特助沒有感覺。」溫茉茉搖搖頭。

宋涵秋還想再追問，但服務生此時送上了她們的餐點，恰巧打斷了對話。

直到兩人吃完正餐，等待甜點的時候，張伯均才帶著徐維玲走到她們的桌邊來。

顯然是早就注意到她們了。

「嗨，約會啊？」溫茉茉調侃他，「你女朋友很漂亮。」

徐維玲朝著溫茉茉點頭微笑，沒有說話。

「妳們怎麼在這裡？」張伯均問。

「我們來藝大考試。」溫茉茉笑著回答。

張伯均看著徐維玲說了句：「剛好是妳的學校。」

「這麼說來，我記得週末有國家考試，社團活動都暫停了，說是怕影響考生們。」徐維玲的聲音很輕柔，像是風鈴一樣。

「對啊，是醫護人員的國家證照考試。」溫茉茉補充解釋。

「原來如此。」張伯均恍然大悟，又道：「那我們先走了，還有別的行程。」

「好，拜拜。」

四人道別之後，張伯均牽著徐維玲走出餐廳。

宋涵秋做了個怪表情，「沒想到張伯均喜歡這一款的。」她忍不住咋舌，「難怪你們沒在一起。」

「什麼意思？」

「他女朋友一副嬌滴滴千金大小姐的樣子，看起來跟是妳不同類型。」

溫茉茉低低地笑起來，又咳了幾聲。

宋涵秋的注意力馬上就從張伯均轉移到溫茉茉身上，「我看妳還是回醫院照一下X光，妳不要自己肺部纖維化了都不知道。」

「知道了，這幾天就去。」

「要不要我陪妳？」

「可以啊，還能一起吃個飯。」溫茉茉放鬆地靠上椅背，「剛考完試，閒得我都不知道應該做什麼好……」

就這些瑣碎的事情，兩人聊上了大半天。

夏日天黑得晚，等到她們七點半離開餐廳時，天色尚未全暗，而是黑中帶藍的色調。

宋涵秋伸了個懶腰，「啊，總算解脫了。」

「是啊。」溫茉茉看著夜空，呼出了一口長氣。

兩人一起搭上捷運，中途宋涵秋就轉公車回家了，溫茉茉一個人站在車廂門邊，望著窗外飛逝而過的景色。

走出捷運站，溫茉茉慢慢地走到了蘇玄雨家樓下，她看了好一陣子，才默默轉身離去。

這段時間，她沒再見過蘇玄雨。

溫母剛過世那段期間，她根本沒有多餘的精神去思考如何處理她跟蘇玄雨之間的感情。

現在想起來，溫茉茉對蘇玄雨有些愧疚，那時候的她一股腦把錯都怪到蘇玄雨身上，好像這樣就能有人替溫母的死負責。

但是她早知道溫母的病情，那顆腦瘤大到連醫生都不敢處理，開刀也只有一半的機率可以活下來。

雖然也不能說蘇玄雨都沒問題，可是把錯全部推給他，著實太過分了點。

然而在那個當下，她實在沒辦法這麼理智地分析這些。

她的內心正襲來一場使人沒頂的洪水，她自己都勉勉強強才能在這場浩劫裡活命，哪裡還顧得上他。

不過蘇玄雨沒有責怪她，甚至知道她的徬徨，所以這一陣子都沒有主動來找她。

溫茉茉走了回家，爬上樓梯，剛過轉角，就看見張伯均站在她家門前。

「怎麼了？」溫茉茉問。

「想跟妳聊聊。」張伯均揚起手上的袋子，「我買好飲料了。」

「可以啊，」溫茉茉莞爾，用鑰匙開了門，「你怎麼不打電話給我？」

「我想妳應該也快回來了。」

夏季的樓道間頗爲悶熱，汗珠從他額角滴落，溫茉茉不明所以地瞥了他一眼。

張伯均跟著溫茉茉進屋。

屋內溫度也高，但開了冷氣，很快就變得涼爽。

「擦擦汗吧。」溫茉茉把面紙推到張伯均面前，「什麼事啊？」

「妳……」張伯均只說了這個字，就不再往下說。

溫茉茉也不催促，靜靜等著。

張伯均把飲料從袋子裡拿了出來，把其中一杯遞給溫茉茉，「奶茶微微。」

「謝啦。」

張伯均也拿起自己的飲料，吸管戳破封膜的瞬間，啵的一聲，像是戳破了什麼不可說的秘密，讓張伯均發散的思緒集中起來。

「妳覺得我女朋友怎麼樣？」

溫茉茉失笑，「你認爲好就好，我的想法不重要吧。」

「反正妳先回答我的問題。」

溫茉茉喝了一口奶茶，「才見一面，哪知道她好不好，不過長得很漂亮，感覺個性也很溫柔，看起來很有氣質。」

溫茉茉揀了不少優點說，看著張伯均的臉色稍微平緩了些，她才開口：「你問我這個幹麼？」

張伯均抓著頭髮，神情很是懊惱，「我總覺得應該要來親自跟妳說我有女朋友……其實交往的時候就應該要告訴妳了，只是那時候阿姨剛剛過世，妳整個人看起來要死不活的，我不知道應該怎麼跟妳說，拖著拖著，沒想到妳最後還是知道了。」

溫茉茉點點頭，「你沒說就沒說啊，我又不會怪你。」

眼見溫茉茉似乎沒有理解他的糾結，張伯均索性直白道：「妳知道我高中的時候喜歡過妳嗎？」

溫茉茉有點意外他提起了這件事情。

「我……算知道吧？這兩者有什麼關係？」

張伯均抓了抓臉，「我總覺得……我應該正式跟妳說一聲。因為我不只喜歡過妳，也把妳當成很重要的朋友，我知道妳對有女朋友的男生都會保持一點距離，可是我不希望我們因此而生疏。」

張伯均看著她，「另外我自己也有點心虛吧……妳明明是我的好朋友，我卻沒有主動告訴妳。」

溫茉茉聳肩，「也不是朋友就一定要主動告知什麼吧，那是你的私事，你可以選擇說或不說，但不管怎樣，我都還是你的好朋友。」

張伯均的語氣似乎有些挫敗，「其實我有時候很疑惑，妳究竟有沒有喜歡過我？」

「啊？」溫茉茉不解。

「妳對我總是可以體諒，但是如果妳喜歡過我的話，還能夠這麼理智嗎？」他像是一定要一個解答。

溫茉茉想了一會兒，視線轉向張伯均手中的飲料，「你明明喝的是綠茶，怎麼流露出喝醉的模樣？」

「妳迴避了我的問題。」

「你已經有女朋友了，這個答案根本就不重要。」

張伯均沒說話，只是堅定地看著她。

溫茉茉知道今天含糊不了了，「那……沒有。」她頓了頓，「我很抱歉。我曾經以爲我喜歡你，後來發現我對你的感情就是青梅竹馬而已，不是愛情。」

張伯均終於釋懷，「那就好，我們誰也不欠誰。」

溫茉茉低笑幾聲，「本來就是如此，是你自己太死心眼，就算是你媽告訴我的也沒差啊。」

「那不一樣。」

「好吧。」

「以後還是好朋友？」張伯均朝著她伸出手。

「當然啊。」溫茉茉在上頭拍了一下。

第十章

宋涵秋最後決定去泰國玩四、五天，不過溫茉茉對水上遊樂設施都沒什麼興趣，因此也沒覺出哪裡好玩。倒是SPA不錯，按得她渾身舒坦，國考累積下來的疲勞都一掃而空。

回國之後沒多久，國考成績也出來了，她跟宋涵秋都考過了，成爲正式的護理師。

不過宋涵秋還有輔系的課程要上，自然不可能今年就去找工作，溫茉茉則是跟著班上同學，一起面試了幾家大醫院。

最後她落腳在市中心的教學醫院急診室。

溫茉茉就算有著實習的經驗，正式成爲急診護理師的前三個月，她還是因爲急診室的壓力與緊湊的工作節奏，一下子瘦了五公斤。

肺炎之後，她的身體就一直沒完全恢復，這次又瘦了五公斤，讓她整個人看起來薄如紙片，感覺風大一點就要被吹跑了。

剛進急診時，她上的是小夜班，每天要忙到十一點，接著跟大夜班的同事交接，再吃個東西，回到家都將近一點了。

這種忙碌的日子，讓她只能專注在工作上，根本無暇分心思考其他。

溫茉茉在領到第一份薪水的時候，曾經找薛知歷出來吃過一次飯。

兩人約在商場裡的餐廳，雖然這天是平日，但因爲鄰近吃飯時間，人還是很多。

他們在餐廳門口碰了頭，薛知歷一如往常西裝筆挺。

「我有一個小時的午餐時間。」薛知歷劈頭就說。

溫茉茉噗哧一聲，「我打擾到你了？早知道我就約晚上。」

「晚上我也沒空。」薛知歷頓了頓，「還是中午好。」

溫茉茉流露出驚訝，「那我們趕快進去吧。」

入座後，兩人很快各點了一份商業午餐。

「說吧，找我什麼事？」等待上餐的時間，薛知歷也不浪費時間。

被薛知歷的態度影響，溫茉茉省略了那些客套話，「我想知道我住院期間花了多少錢。」

薛知歷勾了勾嘴角，「妳還記得這件事啊？」

「當然，我只是在等工作穩定下來。」

「所以妳找到工作了？」

「嗯，護理師滿容易找到工作的。」

「薪水怎麼樣？」

「還過得去，就是比較忙。」溫茉茉有問必答，「急診就是這樣，每天忙得足不沾地，我早有心理準備。」

「妳看起來更瘦了，這陣子沒有好好調養嗎？」薛知歷問，「有回去複診嗎？」

「有。」溫茉茉補充解釋，「急診工作本就沒什麼時間可以好好吃飯，我還在適應期，所以才又瘦了點。我之前複診，醫生說我恢復得不錯，所以應該沒什麼問題。」

話才剛說完，服務生就上了前菜的沙拉。

「那妳沒有什麼想問我的嗎？」薛知歷停了一瞬，「我是指有關蘇玄雨的事情。」

提起這個名字，溫茉茉靜默幾秒，這幾秒的時間，她想起了最後一次跟蘇玄雨見面的情景——在火化場的休息室，他把她抱在懷裡。

薛知歷看著些微出神的溫茉茉，「蘇玄雨現在認眞得不得了，天天都只睡幾個小時，一邊忙著公司的基層工作，一邊又幫萬先生處理事務。」

溫茉茉垂下眼簾，「那他……過得好嗎？他的腿痊癒了嗎？」

是啊，認眞又忙碌的生活，並不表示過得好。

「腿算是復原了。」薛知歷淡然一笑，「其他的我就不清楚了，我大學讀的不是諮商輔導系，他在想什麼、心情怎麼樣，不在我的工作範圍內。」

溫茉茉知道薛知歷一向都是這樣的態度，倒也不覺得意外。

「妳還怪他嗎？」薛知歷冷不防地問。

溫茉茉搖搖頭，「本來也不全是他的錯，只是那陣子我的情緒還沒調適好，你幫我跟他道歉吧？」

「不。」薛知歷簡潔明快地拒絕了。

「你眞狠心。」

「現在聯絡這麼方便，妳有話，就自己跟他說，還是我臉上寫著『我是LINE』這三個字？」薛知歷毫不客氣。

溫茉茉不答反問：「你還沒跟我說，我住院的花費是多少。」

薛知歷報了個數字，溫茉茉有些目瞪口呆。

「好，我知道了，我分期還可以嗎？」

薛知歷聳聳肩，「他們爺孫倆都不缺這筆錢，妳要分多少期，他們都不會介意，妳只是因爲自己的良心過不去而已。」

溫茉茉苦笑，「如果你偶爾可以不要這麼一針見血，我會很感謝你。」

「那我只好再多說一句，如果妳心裡還有蘇玄雨，也已經不怪他了，就不要再糾結。」薛知歷推推眼鏡，「雖然我不知道他是怎麼想的，但我認爲在還有感情的時候，強迫自己轉身離開，是最愚蠢的選擇。」

「……我明白。」

溫茉茉頷首，但心裡還是亂七八糟的，理不出一個頭緒。

這次碰面讓她後續幾天都有點心神不寧，所以當她再次看見劉啓明的時候，愣了好一會兒才反應過來。

劉啓明一身狼狽地出現在急診室裡，那時候時間已經接近晚上十一點，她正準備交接下班。

兩人打了照面，溫茉茉起初只覺得這個病人有點眼熟，而後才想到他是劉啓明。

劉啓明比她先反應過來，朝著她不懷好意地笑了下。

溫茉茉渾身的汗毛都豎了起來，那瞬間她首先想到的就是蘇玄雨。

「茉茉，想什麼呢？」接替她崗位的大夜班學姊喊她。

溫茉茉連忙收回思緒，搖搖頭，「沒什麼，好像看見認識的人了。」

「是喔……在急診室看見認識的人，聽起來不算是好消息啊。」

「確實不太好。」溫茉茉言不及義地附和。

學姊見她臉色怪異，「不然妳去看看？」

「不用，沒關係。」溫茉茉不敢再多想，「我們繼續吧。」

「好吧。」

溫茉茉用最快的速度交接完畢，走進休息室。

肯定不能報警，劉啓明就算之前曾經綁架過她，但他現在什麼都沒做，要是這樣就報警的話，警察根本不會理她。

可是她也不想打電話給蘇玄雨，畢竟蘇玄雨已經脫離那個世界了，現在打給他，除了增加自己的安全感之外，對他而言一點幫助也沒有，甚至可能拖累他。

張伯均跟宋涵秋當然也不行，她不能把他們牽扯進來。

猶豫再三，溫茉茉最後決定誰的電話都不打，待會離開醫院，就直接坐計程車回家，這樣應該不會有事吧？

她緊張地收拾著東西，然後走到急診室門口。

一般來說醫院附近都會有計程車，但是到了深夜，計程車也少了許多，她得走一小段路，才能走到鄰近的計程車停靠點。

溫茉茉害怕地緊抓著包包的背帶。

夜很靜，風很涼，她幾乎能聽見自己的心跳聲。

「怕什麼？」

劉啓明的聲音突如其來地從一旁傳出，溫茉茉嚇得險些尖叫出聲。

她左右張望，才看見劉啓明從路邊樹下的陰影之中走出來。

上次見面的時候溫茉茉沒有好好地觀察過他，所以第一時間才沒認出來，這次再見，溫茉茉仔細地看著他。

目測大約是五、六十歲的中老年人，穿著件薄外套，看起來就像路上隨處可見的一般人。

誰能想像他曾經在江湖上呼風喚雨。

劉啓明當年在江湖上就以敢衝出名，後來進監牢替老大背鍋，出來後一躍成了堂主，還接手了幾間酒店。

過去黃賭黑還沒抓得這麼嚴格的時候，他負責的堂口一晚上能賺進幾百萬，是幫裡說話擲地有聲的大老。

他蹲了十年監獄，等到結婚的時候都已經四十好幾了，婚後很快有了兒子。

劉啓明很寶貝這個兒子，整天帶著他，就算是出入問題場所也不例外，整個道上都知道劉啓明有了兒子。

而他兒子從小跟著劉啓明混，長大自然成爲黑二代。

本來這幾年，劉啓明打算放幾間酒店給他兒子管理，卻沒想到，他兒子因爲鬥毆意外喪命。

劉啓明的一腔憤怒全都怪在蘇玄雨身上，哪怕已經拿了趙傑的兩根手指頭，也沒辦法消除。

這些事蹟，溫茉茉當然不知道，但後續的發展她就知道了。

儘管如此，她還是很難把眼前這個老年人跟那些窮凶惡極的黑幫聯想在一起。

她嚥了嚥口水，「有什麼事嗎？」

劉啓明的目光來來回回地打量著她。

溫茉茉被看得渾身不自在，下意識地向後退了幾步。

「就是妳這小身板敲昏了我。」劉啓明嘖嘖稱奇，「看不出來啊。」

溫茉茉臉上有著顯而易見的恐懼。

「別擔心，冤有頭債有主，我也不是那麼不講道理的人。」劉啓明咧著嘴笑，他的牙齒因爲長年嚼檳榔的關係，不但牙根露了出來，齒面也都是深淺不一的暗紅色。

「你要幹麼？」溫茉茉語帶警戒。

「妳跟我走一趟，把蘇玄雨找出來，我就放妳走。」劉啓明直接了當地說。

溫茉茉搖頭，也不跟他廢話，扭頭就走。

但劉啓明是什麼人，他眼中只有自己的規矩，欠債還錢，殺人償命，如果沒有蘇玄雨組織的13K，如果蘇玄雨管好他的13K，他兒子不會死。

看著溫茉茉快速離開的背影，他跑上前，左手拉住她的手臂，右手在她轉過身的時候，朝著太陽穴打了一拳。

這一下打得溫茉茉直接昏了過去。

「敬酒不吃吃罰酒。」劉啓明啐了一口口水在地上，把溫茉茉扛上肩膀，走過去塞進後車廂，再從她包包裡掏出手機，找到了蘇玄雨的聯絡方式。

他點起一根菸，在黑暗的車子裡按下通話鍵。

只響了幾聲，手機那頭的人就接了電話。

「喂？茉茉？」蘇玄雨的聲音緊繃，像是不可置信。

「原來她叫茉茉。」

蘇玄雨沉默了幾秒，「你是誰？」

「我劉啓明。」

蘇玄雨深吸了口氣，「你找我有什麼事？」

「我找你還能有什麼事？」劉啓明因爲得意，嘎嘎笑著，酷似烏鴉的叫聲。

「什麼條件？」蘇玄雨很快冷靜下來，他靠在辦公椅上，閉上了眼睛。

有些事情、有些人，就像是毒蛇一樣，非得徹底解決，否則就會趁自己不注意的時候反咬一口。

儘管辦公室裡亮著足夠的燈光，可是他還是覺得暗。

他彷彿回到在海邊遇襲的那一夜，感覺冰冷的潮水從四面八方向他湧來。

明明是他該負起的責任，卻要溫茉茉替他承擔後果。

「溫茉茉呢？」他鬆了鬆領帶結，想讓自己能吸到更多的氧氣。

「現在還活著。」劉啓明笑了聲，「等一下就不知道了。」

「讓我聽聽她的聲音。」

「沒辦法，她被我打暈了。」

蘇玄雨猛然睜開眼，呼吸急促，「地點？」

劉啓明迅速給了地址，「一個人來。」

蘇玄雨不再回應，直接掛斷電話。

劉啓明一點也不介意，他慢吞吞地發動車子，嘴角始終掛著一抹微笑，徐徐把車子開上馬路。

沒想到得來全不費功夫。

✦

溫茉茉醒來的時候，只動了動身體，立刻張嘴吐了一地。好在她沒有吃東西，因此只吐出了胃酸，雖然沒有食物的殘渣，但那味道還是令人作嘔。

溫茉茉閉上眼睛，想藉此緩解巨大的不適感。

她花了好一段時間，才壓下想吐的欲望，半猜半矇地想自己是不是腦震盪，畢竟她左邊的太陽穴還痛得不行。

眞不虧是在街頭跟人逞凶鬥狠的專業人士，很知道什麼力道能把人打暈，卻不至於打死人。

太陽穴這位置，他只要力氣再大一點，她可能就一命嗚呼了。

溫茉茉深呼吸了幾次，再慢慢睜開眼睛，這次有了心理準備，就算仍然是天旋地轉，不過至少沒有再吐得滿地了。

這應該是一間廢棄倉庫之類的地方，她被綁在椅子上，雙手雙腳都被粗繩纏繞著。

她苦笑，這次可能沒這麼好逃掉了。

腦震盪讓溫茉茉的頭異常暈眩，且伴隨著劇烈的疼痛，痛得她幾乎沒辦法思考。

現在即便她四肢自由，有人攙扶著她，她可能都走不了。

溫茉茉目光渙散地看著前方。

發了好一會兒的呆，鐵門慢慢被拉開了，微弱的光線從門縫傳了進來。

隨著鐵門開啓，夜風攪散了倉庫裡悶住的霉味，沖淡了她剛剛吐了一地的胃酸味，也帶來了些許涼意。

兩個男人一前一後走進來，溫茉茉盯著看了良久，才看出那是蘇玄雨跟劉啓明。

她想說話，但是不曉得應該說點什麼。

劉啓明開啓了倉庫內的燈，一下子整個空間都敞亮了起來，一絲一毫的黑暗都無所遁形。

溫茉茉在黑暗裡待久了，猛然一亮，她眼睛發疼，閉上了眼睛。

等到她再睜開眼睛時，映入眼簾的就是蘇玄雨的臉。

這麼久沒見了，此時再看見他，竟然有種恍如隔世的感覺。

她以爲她會逐漸淡忘蘇玄雨的長相，對他感到陌生，卻沒料到這一刻她只想哭。不是因爲身體不舒服，而是累積、壓抑了太久之後的那種崩潰。

她想拉住蘇玄雨的手，甚至是抱抱他。

「妳還好嗎？」蘇玄雨瞄了一眼一旁的嘔吐物，眼神冷冽了下來。

溫茉茉頭很痛，聲音微弱地說：「不太好。」

她不會在這種時候逞強，她必須讓蘇玄雨了解她現在的狀況。

「我可能有點腦震盪。」溫茉茉忍住想吐的衝動，「這次……我幫不了你。」

蘇玄雨伸出手，本來想要揉揉她的頭髮，但聽了她的話後，便慢慢把手收了回來。

「哪裡被打了？」

「左邊太陽穴。」溫茉茉苦笑，雖然在他眼中大概看起來也不像在笑，「你走吧，別管我了。」

「妳覺得可能嗎？」蘇玄雨把外套脫了，披在溫茉茉的肩上。「怕的話，閉上眼睛。」

溫茉茉逼著自己睜開眼皮，「你……要幹麼？」

蘇玄雨沒有回答她的提問。

「說完了吧？」劉啓明手上拎著一根球棒，慢悠悠地走了過來，隨手一指，「你去那裡。」

蘇玄雨二話不說，挽起袖子走到劉啓明手指的位置。

「我兒子死的時候，肩胛骨碎裂、腦出血、脾臟破裂，身上大大小小的傷處數也數不清。」劉啓明憤恨地看著蘇玄雨，「你要從哪裡先來？」

蘇玄雨活動了一下關節，「你這是要把所有的帳都算我頭上啊？那趙傑的兩隻手指怎麼算？」

劉啓明冷笑了聲，「那兩隻手指頭，就抵掉那些數不清的傷吧。」

溫茉茉迷迷糊糊地看著他們。

倉庫裡的光線明亮，可是溫茉茉卻覺得這光線亮得讓人心生恐懼。

劉啓明舉起球棒，臉上充滿著得意的笑，大仇將報，他豈能不愉快。

他揮了幾下球棒，適應一下重量，隨後猛力一揮。

落空。

劉啓明瞪著蘇玄雨。

蘇玄雨兩手一攤，「我只答應赴約，我可沒說我會乖乖挨打。」

劉啓明沒有想到蘇玄雨是這麼滑頭的人物。

溫茉茉看了卻鬆了一口氣，知道蘇玄雨不會乖乖挨打就好，她最怕的就是蘇玄雨束手就擒。

劉啓明氣得像隻困獸一樣，焦躁地原地踱步。

然而這樣的困境並沒有讓他猶豫太久，劉啓明下一步便掄起球棒，不假思索地朝著溫茉茉揮過來。

這一棒子劉啓明使出了全力，溫茉茉下意識閉上了眼。

身上並未傳來預想中的劇痛，沉沉的打擊聲從耳邊傳來，連帶還有一聲什麼東西碎裂的聲音——那是骨頭斷開的聲音。

她上課的時候聽教授講過，骨頭斷裂的疼痛指數很高，雖然還是有部位上的差異，但總體不會相差太多。

蘇玄雨悶哼一聲，等到溫茉茉睜開眼的時候，他的手已經無力地垂下了。

溫茉茉第一個想法就是，該不會又是上次斷了的那隻手吧？同樣的位置重複受傷，會不會留下什麼後遺症？

「蘇玄雨！」溫茉茉喊著他的名字。

「幹麼？」蘇玄雨勉強笑了下，「我不會讓妳挨上一下。」

「那你也不能白白——」

她話還沒說完，劉啓明的棍子就再度招呼過來，蘇玄雨往溫茉茉身上一撲，伴隨著沉重的打擊聲，球棒順勢斷裂。

「斷了。」劉啓明隨手把斷掉的球棒往旁邊一扔，揚起了一地淺淺的灰塵。

「你還好嗎？」溫茉茉低聲詢問。

說也奇怪，這種時候，她頭居然不痛了，也一點都不想吐了。

「幫我解開！」她著急地說。

蘇玄雨搖搖頭，一語不發。

他這種態度讓溫茉茉更加緊張，不知道他到底傷得怎麼樣了。

「你哪裡痛？」

蘇玄雨依舊只是搖頭。

溫茉茉焦躁得跟熱鍋上的螞蟻一樣，明明知道他挨打的地方不會有致命的可能，但她還是心疼得要死，巴不得自己替他挨打。

「溫茉茉，妳信我，我一定……一定……」

劉啓明左手抓著蘇玄雨的領口，將他從溫茉茉身上抓起來。

「還有時間話別啊！」劉啓明話音未落，拳頭已經揍在蘇玄雨的肚子上。

這一拳他完全沒有收力，打得蘇玄雨吐了一地。

他鬆開手，蘇玄雨蜷曲在地板上抽搐。

劉啓明單腳用力地踹了蘇玄雨好幾下。

蘇玄雨連反抗的力量都沒有，黑色衣服上頭全都是深深淺淺的腳印。

他劇烈地咳了幾聲，吐了一大口血在地上。

溫茉茉看得雙眼發紅，顫抖著尖叫，「蘇玄雨！」

劉啓明仰天大笑，笑著笑著卻帶了點哭腔。

他一邊往蘇玄雨身上踹，一邊吼：「我兒子就是這樣死的！就是這樣死的！」

「你住手！」溫茉茉大吼，「不要打了，會死人的！」

劉啓明發出嘶啞又尖銳的瘋狂笑聲。

他朝著蘇玄雨啐了一口痰，又黃又綠的濃痰吐在蘇玄雨臉上，將他已經蹭滿灰塵的臉弄得更加狼狽不堪。

劉啓明停下動作想了會兒，轉身走到一旁，似乎在尋找什麼東西。

溫茉茉雖然被捆在椅子上，但她還是一跳一跳地帶著椅子挪到蘇玄雨身旁。

溫茉茉豆大的淚珠落在他身上。

「蘇玄雨！蘇玄雨！」

隔了幾秒鐘，她才聽見蘇玄雨的聲音。

「妳、妳的眼淚眞燙。」蘇玄雨說完，又咳出一大口血，「別哭、別哭。」

「你死了我怎麼辦？」溫茉茉哭著問，「你不是說要跟我在一起嗎？」

「我還能跟妳在一起嗎？」

蘇玄雨臉上又是血又是嘔吐物，還有一口痰，可是溫茉茉卻不覺得噁心。

「我還能跟妳在一起嗎？」蘇玄雨再問了一次。

「那你也要有命才能跟我在一起啊！」溫茉茉的眼淚像是止不住的水龍頭，一滴接著一滴連續不斷地落在蘇玄雨的手上。

「妳答應我，我就有命回去。」蘇玄雨虛弱地說，「只要妳答應我，我才有——」

他們兩人的注意力都被扛著一支鐵棍回來的劉啓明給轉移，那隻鐵棍上面布滿了鐵鏽，呈現一種令人不寒而慄的暗紅色。

光看劉啓明拎著它的樣子，就知道這隻鐵棍肯定不輕。

蘇玄雨抬起那隻沒受傷的手。

「放過她。」蘇玄雨已經沒什麼力氣說話，每一句話都帶著濃濃的血腥味，「你兒子的死跟她毫無關係。」

劉啓明斜睨了溫茉茉一眼，一動沒動，「可以。你死了之後，我不會動她。」

蘇玄雨深深地吸了一口氣，他的肋骨應該斷了，否則不會這麼撕心裂肺地痛。

他看了溫茉茉一眼，那一眼裡面有著難以言喻的深摯感情，他覺得對不起溫茉茉，同時又放不下她。

他曾想過放手讓溫茉茉去過她嚮往的平淡日子，可是他發現他無法，哪怕別人說他很自私，他也想把溫茉茉綁在自己身邊。

「妳去旁邊，乖，聽話。」蘇玄雨聲音溫柔地勸。

「我不。」溫茉茉拒絕，她能感受到自己的頭痛發作了，然而她不會在這個關頭離開他。

劉啓明才不耐煩看他們膩膩歪歪，抬起腳來一踢，溫茉茉連人帶椅翻滾到一邊。

她忍著身上的疼痛與不適，睜開眼，就看見劉啓明高高舉起了那根棍子，即將落在蘇玄雨身上。

這一瞬間，溫茉茉毫不猶豫直接往蘇玄雨身上撲。

砰！

巨大的力道讓溫茉茉立刻昏了過去，她趴在蘇玄雨身上，壓著蘇玄雨的傷處，但蘇玄雨卻一點也沒感覺到痛。

「溫茉茉！」蘇玄雨失去理智地大叫。

溫茉茉完全失去了意識，即便蘇玄雨叫得這麼大聲，她也沒有任何醒來的跡象。

子。

劉啓明蹲在一旁哈哈大笑，而後走上前去，用棍子挑開了溫茉茉身上被砸爛的椅

「嘖嘖，算她命大，這棍子要是打在她身上，這條命就沒了。」劉啓明冷笑，

「你運氣好啊，竟然有人願意把命給你。」

蘇玄雨撐起身，用手指探了探溫茉茉的鼻息，把她輕輕放在一旁。

地板很冷也很髒，他卻沒有更好的辦法。

「我是運氣好。」蘇玄雨同意了劉啓明的話，「但比我運氣更好的是，我的腦袋

也不錯。」

他咳了幾聲，「這幾下，算我還你的。你現在走還來得及，從今以後不要出現在

我們面前，我可以放過你。」

劉啓明只當他在做困獸之鬥，虛張聲勢，「你放過我？你也不看看你現在是什麼

樣子，你連你的女人都保護不了。」

蘇玄雨點點頭，面色慘白，「說也奇怪，每次我碰見她，總是她保護我，你說她

是不是有什麼毛病？不搶在別人之前身先士卒，她就過不去是吧？」

劉啓明不知道蘇玄雨現在爲什麼要跟他扯這些。

蘇玄雨摀著腹部，勉強自己站起來，因爲疼痛，他沒辦法站得太直，不過正好與

劉啓明平視。

「再給你一次機會，你再不走，就來不及了。」

蘇玄雨的話音方落，倉庫的門板就被人猛然推開。

◆

溫茉茉醒來的時候，房間裡是暗的。

她掙扎地坐起身，頭隱隱約約地疼，背上也痛得讓她不敢大力呼吸。門縫底下透進微微的光線，溫茉茉抓了抓手上的被子，這熟悉的觸感，使她立刻知道自己已經安全了。

她扶著腦袋，覺得自己還暈呼呼的，渾身上下哪裡都不舒服。

蘇玄雨呢？

她現在在醫院，表示蘇玄雨應該沒事，但是沒親眼看到人，她始終沒辦法安心。

她才剛剛這麼想著，門就被推開了。

蘇玄雨坐在輪椅上，嘴裡抱怨著，「我能自己走，我腳又沒斷。」

「可是你還斷了兩根肋骨，肩胛骨碎裂，以及輕微內出血。」薛知歷不爲所動。

蘇玄雨沉默了幾秒，正想說話，卻對上了溫茉茉的眼神。

「妳醒啦？怎麼坐起來了？還頭暈想吐嗎？看護呢？」蘇玄雨拋出一連串的問題，同時離開輪椅，走到她的病床邊。

溫茉茉仰頭看著他。

他的手臂綁著吊掛的三角巾，臉上倒沒什麼傷，光看外表，肯定看不出他的傷勢有多嚴重。

「傻了？」蘇玄雨的手在她面前晃了兩下，然後對薛知歷說：「是不是被打昏了之後，產生失憶之類的後遺症啊？」

薛知歷無言片刻，「我去找醫生。」

溫茉茉看著薛知歷離去的背影，好幾秒後才莞爾一笑，「我沒事。」

「是嗎？」蘇玄雨瞇起眼睛，「那妳還記得我是誰嗎？」

溫茉茉小幅度點點頭，「蘇玄雨，說要跟我在一起的人。」

她這句話說完，兩個人都紅了臉。

「喔……喔，對、對啊。」蘇玄雨別開眼，「但是，那也要看妳怎麼想，如果妳不想的話，我……」

「你要怎麼辦？」溫茉茉追問。

「我、我就……再想想辦法？」蘇玄雨緊張地看著溫茉茉，「妳會拒絕我嗎？」

「你又沒告白，我怎麼拒絕你？」溫茉茉語帶笑意。

蘇玄雨一時之間抓不准她的心思，這到底是要他告白，還是不告白？

「我們是怎麼離開的？」溫茉茉轉移了話題。

蘇玄雨頗為失落，但依然回答了她：「他叫我一個人去我就一個人去？我傻了不成？當然是把人找好找滿啊，妳昏過去不久，人就來了。」

溫茉茉唔了一聲，「既然有找人，你為什麼還要單槍匹馬地來？」

蘇玄雨遲疑片刻，眼神慢慢瞥向窗外，沒有吭聲。

「他擔心妳會出事，所以堅持要自己先趕過去。」薛知歷的聲音從門口傳來，「明明多等半小時就能避免挨打。」

「囉唆。」蘇玄雨嘟囔，「醫生呢？」

醫生從薛知歷的背後走出來，走到溫茉茉床邊，替她做了幾個檢查，「暫時沒有什麼大礙，但是腦震盪不能輕忽，最好多住院觀察兩天。」

醫生說完，轉頭跟護理師吩咐了一些注意事項之後，就離開了病房。

等到醫生關上病房門，薛知歷又道：「那天蘇玄雨接到劉啓明的電話之後，馬上聯絡了我，儘管我們知道地點，找人也需要時間。我跟老闆都要他再等一等，劉啓明要找的是他，不會對妳怎麼樣，只是他聽不進去，把自己弄得滿身是傷，結果妳也沒好到哪裡去。」

薛知歷推了推眼鏡，「我合理懷疑他是想對妳用苦肉計，妳千萬不要上當。」

溫茉茉被薛知歷說得直笑。

「你怎麼這麼多話？」蘇玄雨僵著臉抱怨，「你沒別的話好說了嗎？」

「哦，說到這個，那劉啓明呢？」溫茉茉問，「你們把他怎麼了？」

蘇玄雨重重地哼了聲，「我倒是想把他怎麼了，但我都還沒下手，他就昏倒了。」

「爲什麼？」

「有病啊。」蘇玄雨沒好氣，「眞的生病的那種，也不清楚是什麼病，聽說滿嚴重的，快要死了吧？」

溫茉茉眨了眨眼睛，忽然想起自己是在急診遇到劉啓明的，可見他當時就已經身體不舒服了。

「那他現在呢？」

「誰知道。」蘇玄雨撇嘴，「我還願意幫他叫救護車已經仁至義盡了。」

溫茉茉想了會兒，「那以後呢？他不會再找我們麻煩吧？」

我們。

蘇玄雨因爲這個詞彙而開心。

他一直覺得溫茉茉跟他之間有隔閡，她不願意接近他，也不想走入他的生命。

直到聽見她說了「我們」，才總算心滿意足。

「不會，我讓人盯著他了。」蘇玄雨帶著一點愉悅，「放心，妳就好好養傷吧。」

溫茉茉輕輕地點點頭，她確實覺得有點累了。

她慢慢躺了下來，閉著眼睛說：「蘇玄雨，等一下我想喝雞湯。」

蘇玄雨愣了一秒，笑著回應：「好。」

「蘇玄雨。」

「幹麼？」

「就算是苦肉計，我也認了。」溫茉茉依然閉著眼睛，「所以，不要再做危險的事情了，你受傷，我會擔心。」

「好。」

「蘇玄雨……」

「嗯？」

「以後，我們能過平平淡淡的日子了嗎？」

她等著他的答覆，最後她等到了一個輕柔的吻，就像是蝴蝶停留在唇畔。

「好，我答應妳。」

全文完

後記
偶爾想起我時

這個故事其實早在二〇一九年就寫好了，但那時候不知道為什麼，我沒有交給編輯，反而是今年年初翻資料夾的時候，才翻到這本稿子。

在寫這個故事的時候還沒有新冠肺炎，以致於我現在回頭看這篇稿子，都有一種恍如隔世之感。

不知道這段時間大家過得好不好？

我是挺好的哈哈，對宅咖來說，在家裡可以做的事情多到不行，早幾年開始我就是自我隔離的狀態了，一天只出門一次買晚餐。

不知道大家這陣子在家上班上課的感覺怎麼樣？

我以前還在念書的時候，到了期末考之前，總想著要有什麼天災人禍讓學校放假就好了，這樣就不用考試了。

沒想到這個願望真的實現了，只是我已經畢業許久了。

所以也沒能知道線上學習的感覺到底怎麼樣，但我想應該不錯？

說回這個故事吧。

不知道大家喜不喜歡這個故事？對我而言這個故事有一定的特殊性，這裡頭帶著一點點實驗性，雖然現在我其實也忘了當初想實驗什麼。

我很容易把事情放到腦後去，然後就忘記了。

就算在寫作過程中，我可能對這個故事有很多的期待或是設定，但是寫完我就忘了……

所以我很佩服那些能把故事情節和伏筆記得一清二楚的人，因爲我完全辦不到。我更佩服那種可以把自己的故事翻來覆去地檢討的人，不知道他們是怎麼做到的，我自己總是迫不及待地往下一個故事前進，回頭檢討什麼的，眞的太無趣了。

但是我不得不說，那種願意花時間檢視自己作品的人，最後通常都進步很多。就像每一次寫完考卷，認眞訂正的人一樣，只要不要再犯同樣的錯，基本上都會繼續前進。

我由衷地敬佩這些人。

不過這可能就是我總沒辦法進步太多的原因吧。

但是吼，人就是這樣啊，有做得到的事情，也會有做不到的事情，我是沒打算逼迫我自己啦，哈哈哈。

其實這幾年，我的寫作速度慢了許多，一方面是因爲身體不太行，一方面也是因爲自己突然覺得沒動力了。

我一直都是這樣的個性，喜歡的科目可以一直念，不喜歡的科目有六十及格我就滿意了。

關於寫作這件事情，我一直都是因爲有愛，才一直寫下去，現在既然感覺有點沒勁了，自然也沒有辦法再像以前一樣一年寫三本。

但我之所以還在這裡泥濘膝行，是有一天看到某一本書下面的讀者留言，他語帶惋惜地說，作者現在似乎都沒在寫了。

我頓時突然生出一種社會責任感（咦？不是這麼用的吧？），我完全可以理解那種失落感。

因爲我喜歡的作者，也幾乎都不再寫書了，我只好把他們的作品看了一遍又一遍，把他們的舊作品一本一本買回來。

小時候沒錢，買不起喜歡的作者的書，長大了，有錢了，買得起的時候，作者不寫了……這人生眞難……

因爲這個留言，我又稍微地提起勁了，我不想讓你們也碰上這種遺憾。

哪怕我寫得很慢，也希望你們偶爾想起我的時候，發現我又有新書了，感覺不會這麼失落。

拉拉雜雜說了一堆，總之，謝謝你們一路陪伴我。

我愛你們。

也祝福你們健康平安。

煙波　寫於二〇二一年六月一日

國家圖書館出版品預行編目資料

天亮之後相愛 / 煙波著. -- 初版. -- 臺北市 : 城邦原創股份有限公司出版：英屬蓋曼群島商家庭傳媒股份有限公司城邦分公司發行, 民 110.07
面；公分. --

ISBN 978-986-06589-5-8（平裝）

863.57　　110009707

天亮之後相愛

作　　者／煙波
企畫選書／楊馥蔓
責任編輯／楊馥蔓、林辰柔

行銷業務／林政杰
總 編 輯／楊馥蔓
總 經 理／伍文翠
發 行 人／何飛鵬
法律顧問／元禾法律事務所　王子文律師
出　　版／城邦原創股份有限公司
台北市中山區民生東路二段 141 號 6 樓
電話：(02) 2509-5506　傳眞：(02) 2500-1933
E-mail：service@popo.tw
發　　行／英屬蓋曼群島商家庭傳媒股份有限公司城邦分公司
聯絡地址：台北市中山區民生東路二段 141 號 11 樓
書虫客服服務專線：(02) 25007718・(02) 25007719
24小時傳眞服務：(02) 25001990・(02) 25001991
服務時間：週一至週五09:30-12:00・13:30-17:00
郵撥帳號：19863813　戶名：書虫股份有限公司
讀者服務信箱 email：service@readingclub.com.tw
城邦讀書花園網址：www.cite.com.tw
香港發行所／城邦（香港）出版集團有限公司
地址：香港灣仔駱克道 193 號東超商業中心 1 樓
email：hkcite@biznetvigator.com
電話：(852)25086231　傳眞：(852) 25789337
馬新發行所／城邦（馬新）出版集團 Cité(M)Sdn. Bhd.
41, Jalan Radin Anum, Bandar Baru Sri Petaling,
57000 Kuala Lumpur, Malaysia.
電話：(603) 90578822　傳眞：(603) 90576622
email:cite@cite.com.my

封面設計／Gincy
電腦排版／游淑萍
印　　刷／漾格科技股份有限公司
經 銷 商／聯合發行股份有限公司
電話：(02)2917-8022　傳眞：(02)2911-0053

■ 2021 年（民 110）7月初版　Printed in Taiwan
■ 2022 年（民 111）6月初版 2.5 刷

定價 / 280元

ISBN　978-986-06589-5-8